Der Kerl im Mann

www.rolf-redlin.de

Autor

Rolf Redlin wurde 1958 als Sohn eines Hafenarbeiters in Hamburg geboren. Nach einem naturwissen-schaftlichen Studium war er in der Krebsforschung aktiv. Anschließend betätigte er als Herausgeber einer Motorradzeitung und veröffentlichte mehrere Sach-bücher zu populären technischen Themen, unter anderem fünf Motorradbücher. Er leitete die technische Kommunikation bei einem bekannten medizintechnischen Unternehmen und veröffentlichte vier Romane.

www.rolf-redlin.de

Titelillustration
»hey you COME OUT and play« by SexyB
Tai Wang lebt auf Taiwan. Unter dem Label SexyB veröffentlicht er Illustrationen rund um das Thema Bären.

www.sexyb.idv.tw

Rolf Redlin

Der Kerl im Mann

Geschichten

www.rolf-redlin.de

Bibliografische Information der Deutschen Bibliothek
Die Deutsche Bibliothek verzeichnet die Publikation
in der Deutschen Nationalbibliografie; detaillierte
bibliografische Daten sind im Internet über
http://dnb.ddb.de abrufbar.

Rolf Redlin
Der Kerl im Mann
Geschichten

© 2020 Redlin, Rolf
Umschlaggestaltung: Rolf Redlin, Hamburg
Umschlaggrafik: © SexyB Wang Tai
Herstellung und Verlag:
BoD – Books on Demand, Norderstedt

ISBN: 9783752609066

Geleitwort

Rolf Redlin ist mit einer unersättlichen Fabulierfreude gesegnet. In seinen Romanen und Geschichten erkundet er Lustvolles und Abgründiges unter der nur scheinbar harmlosen Oberfläche des Alltagslebens. Ob LKW-Fahrer, Streifenpolizisten oder Dachdecker, sie alle haben, glaubt man Redlin, es faustdick hinter den Ohren (und nicht nur dort).

Und offensichtlich beschäftigen ihn die Figuren, die seine Romane bevölkern, auch dann noch, wenn die letzte Seite geschrieben und das Buch gedruckt wurde: Einige der Erzählungen dieser Sammlung sind gewissermaßen ›Bonus-Tracks‹ zu Publikumslieblingen wie Manfred, Toralf, Lars und Hauke, und manchmal trage ich als sein Lektor die Verantwortung, dass eine Episode nicht im Roman, sondern erst hier das Licht der Öffentlichkeit erblickt.

Jede Menge *Rolf-Redlin-to-Go* für seine Fangemeinde!

Joachim Bartholomae

Kentucky Fried Chicken

Der Schornstein des Heizwerks überragte selbst die zwölfstöckigen Wohnblocks. Rot leuchteten die Ringe an seiner Spitze. Solange Erdem sich erinnern konnte, stand er da. Wie oft hatte er mit den beiden Brüdern auf der Autobahn nach ihm Ausschau gehalten, wenn sie sich in Vaters Ford Mümmelmannsberg näherten. Der weithin sichtbare Schlot signalisierte Heimat und Geborgenheit.

Auch heute orientierte er sich am Schornstein. Ihm schien, als wiese der den Weg.

Schon für den Tag nach seinem achtzehnten Geburtstag hatte er sich vorgenommen, endgültig zum Erwachsenen zu werden. Doch wie immer hatte er in letzter Minute gekniffen, den Plan von heute auf morgen verschoben. Später hatte er es nach der schriftlichen Abiturprüfung tun wollen, dann am Tag als sie ihm das Abiturzeugnis aushändigten. Gestern nun endlich der Zulassungsbescheid. In ein paar Jahren würde er das erste Familienmitglied mit einem Universitätsabschluss sein. Die beiden Brüder mochten stärker und unerschrockener sein, er war schlauer.

Langsam ging er auf den Schornstein zu. Am besten dachte er nicht darüber nach, was ihn erwarten würde. Womöglich brächte ihn die Aufregung erneut dazu, einen Rückzieher zu machen.

Seine älteren Brüder, die waren Draufgänger. Zeitig hatten sie ihre Erfahrungen gesammelt. Mit deutschen oder polnischen Freundinnen, unternehmungslustigen Mädels, nicht von eifersüchtigen Brüdern abgeschirmt. Ihm selbst lagen derartige Aktivitäten fern. Die beiden sahen es dem Bücherwurm nach. Selbst der Vater, den seine intellektuellen Fähigkeiten zunächst verstörten, entwickelte im Laufe der Zeit so etwas wie Stolz.

Dabei war Erdem die Anwesenheit von Mädchen nicht unangenehm. Mit ihnen konnte er wenigstens vernünftig reden, sie alberten nicht so herum wie die gleichaltrigen Jungs. In der Oberstufe des Gymnasiums lernte er Ayla kennen. Heimlich trafen sich die beiden nach dem Unterricht bei McDonald's. Sie führten lange Gespräche über Texte, die sie im Deutschunterricht lasen. Ayla vertrat die Ansicht, ›Andorra‹ besäße auch heute noch Gültigkeit und eines Tag würden die Türken vielleicht Rolle der Juden einnehmen. Er wies das strikt zurück. Türken würden niemals wie Juden sein. Er dachte an seine beiden Brüder und war sich dessen sehr sicher. Bei allen Debatten achtete Ayla peinlich darauf, dass sie im Restaurant einander immer gegenüber saßen und niemals nebeneinander.

Ihm gefiel das sehr.

Natürlich bekamen die Brüder Wind von dieser Beziehung und die Sache machte die Runde in der Familie. Erdem wunderte sich, dass sie alle irgendwie erleichtert waren, die Mutter ebenso wie die Brüder. Der Vater tätschelte ihm sogar die Schulter. Das hatte er nur selten getan, selbst als Erdem noch ein kleiner Junge war. Dabei war die Angelegenheit doch rein platonisch, auch wenn der Vater dieses griechische Adjektiv nicht gemocht hätte.

Wenn Erdem für sich war, dann verschwendete er keinen Gedanken an Ayla, so nett sie auch immer sein mochte. Wenn er allein war, stellte er sich Männer vor. Männer, die ihn vor der Welt beschützten. Er wusste, dass dies keine wohlgelittenen Phantasien waren.

Erdem folgte dem Schornstein, immer die Kandinskyallee entlang. Nur noch ein paar Meter bis zum Eingang der U-Bahn. Unter dem gläsernen Dach auf den marineblauen Trägern führte der Weg hinab in die Unterwelt.

Wenn der Vater wüsste, wohin er jetzt ging, er würde ihn ohne zu zögern einsperren. Dabei war der gute Mann sogar Wegbereiter in dieser Angelegenheit gewesen. Selbstredend ohne es zu wissen. Nach dem Abschluss der zehnten Gymnasialklasse hatte ihm der stolze Vater ein eigenes Notebook geschenkt. Ein Computer nur für ihn allein, dem Zugriff der Brüder entzogen. So entdeckte er im Internet eine ihm zuvor unbekannte Welt und stellte erleichtert fest, dass er mit seinen erotischen Phantasien nicht allein war.

Erdem ging die Stufen zum Bahnsteig hinunter. Unten stand ein abfahrbereiter Zug, Menschen hasteten vorbei, aus den Lautsprechern rief es Zurückbleiben bitte!. Er ließ den Zug fahren. Vielleicht war es besser, noch einmal nachzudenken, nichts zu überstürzen.

Wieder und wieder hatte er sich vorgenommen, auf eine Verabredung mit einem Mann einzugehen. Einmal hatte er es bereits getan, war dann aber schon am Anfang der Kandinskyallee umgekehrt. Dabei war alles so einfach, er musste sich nur ein einziges Mal überwinden. Hinterher würde es nie wieder so sein wie vorher. Hinterher wäre er frei und leicht. Ein neuer Mensch.

Über dem Bahnsteig zählte der Anzeiger die Minuten bis zur Abfahrt des nächsten Zuges. Der ging nur bis Hagenbeck's Tierpark. Egal, Erdem wollte ohnehin nur zwei Stationen weit. Der Zug hielt, er stieg ein und blieb neben der Tür stehen.

Eigenartig, er war überhaupt nicht aufgeregt. Jedenfalls nicht im Wortsinne. Sein Herz klopfte ihm nicht bis zum Hals. Er hatte sich mit einem Typ verabredet, der so alt wie der älteste Bruder war. Besser konnte er es nicht treffen. Heute musste es geschehen.

Erdem stieg am Bahnhof Billstedt aus, schlenderte langsam durch das Einkaufszentrum in Richtung Billstedter Hauptstraße. Niemand beachtete ihn. Sahen ihm die Passanten nicht an, was er vorhatte? Etwas, von dem seine Mutter sich nicht trauen würde, es auszusprechen? Er hielt einen Moment inne. Besser nicht an die Mutter denken, sonst würde er am Ende wieder umdrehen.

Er ging die Straße entlang, dem Restaurant entgegen, wo sie Brathähnchen aus Kentucky verkauften. Den Parkplatz hinter dem roten Flachbau hatten sie als Treffpunkt ausgemacht. Schritt für Schritt näherte er sich. Vom Dach lachte ihn Firmengründer Colonel Harland Sanders an. Die Blase drückte vor Aufregung. Rasch ging er noch auf die Toilette und verriegelte dort die Kabinentür hinter sich. Er pinkelte nur tropfenweise. Jemand hatte mit Edding einen erigierten Penis an die Trennwand gemalt.

Nachdem er sich erleichtert hatte, trat er hinaus auf den Parkplatz. Die letzten Meter musste er nicht mal mehr seinen Mut zusammennehmen. Die Beine liefen einfach wie von selbst.

Den dunklen Peugeot sah er auf den ersten Blick. Der Fahrer war hinter der getönten Windschutzscheibe nicht zu erkennen. Von Bildern wusste Erdem, dass er durchtrainiert aussah. Der würde sich zu wehren wissen, wenn es sein musste. Wieder und wieder hatte er sich vorgestellt, wie dieser Mann ihm schützend den Arm auf die Schultern legte. Die Beifahrertür öffnete sich. Erdem beugte sich hinunter.

»Ich bin Nils«, sagte der Mann und lächelte. »Steig ein.«

Erdem atmete tief durch. Ein zehn Jahre älterer Mann. Neben ihm. Er betrachtete die kräftige gepflegte Hand am Schaltknüppel. Die Fingernägel waren eine Spur zu lang. Für einen Mann. Na ja, vielleicht hatte er keine Lust, sie regelmäßig zu schneiden. Das konnte Erdem nachvollziehen. Körperlich arbeiten musste der Blonde jedenfalls nicht. Erdem rückte auf dem Sitz hin und her, weil es in seiner Hose drückte. Sie hielten an einer Ampel und die fremde Hand legte sich sanft in seinen Nacken.

Pack zu, dachte er.

Im Chat war es so einfach gewesen, über intime Dinge zu reden. Über Hoffnungen, über Träume. Was er vom Leben erwartete. Und über Sex. Natürlich über Sex. Auch und vor allem über Sex. Und das erste Mal.

Nils war so verständnisvoll rübergekommen, hatte Mut gemacht, wirkte vertrauenswürdig. Irgendwann musste Erdem jemandem vertrauen. Warum also nicht ihm. Die Aufregung schnürte Erdem die Kehle. Sie sollten jetzt ein paar freundliche Worte wechseln. Die Stimmung lockern. Er brachte kein Wort heraus.

Nils wirkte routiniert, als hätte er jeden Tag einen fremden jungen Mann im Wagen. Seine Augenbrauen leuchteten unablässig. Hoffentlich würde er sich bei aller Routine noch daran erinnern, dass dies Erdems erstes Mal war. Verdammt, er wollte nicht verzagt sein. Jetzt war Schluss mit den Bedenken.

Nach etwa zwanzig Minuten Fahrt parkte Nils den Wagen unweit einer S-Bahnbrücke. »Da drüben wohne ich«, sagte er und zeigte auf ein vierstöckiges Mietshaus.

Dies war definitiv die letzte Gelegenheit, den Gang der Dinge noch aufzuhalten. Einfach nur weglaufen, schoss es Erdem durch den Kopf. Mehr war nicht zu tun. Die Beine in die Hand nehmen und ab in die S-Bahn. Am Berliner Tor umsteigen und zurück zum heimischen Schornstein. Und den Brüdern.

Nein, nein, nein.

Diesmal wurde nicht gekniffen. Heute sollte es geschehen. Er konnte nicht sein ganzes Leben davonlaufen und die schönsten Dinge verpassen. Da musste er jetzt durch. Und der Kerl sah wenigstens gut aus. Sportlich. Athletisch. Was für ein verdammtes Glück, dass er ihn gefunden hatte. Er folgte ihm in die winzige Wohnung. Nils bot ihm etwas zu trinken an. Kaffee, Tee, Bier, Wasser. Erdem lehnte dankend ab.

Plötzlich ertönte Musik. Nils zog sein Handy aus der Brusttasche und mit den Worten »jetzt nicht« drückte er die rote Taste. Dann strich er langsam durch Erdems Haar.

»Aufgeregt?«

Erdem nickte stumm und unterdrückte mit aller Macht den Reflex, den Kopf wegzuziehen. Er sah zwei Gitarren an der Wand hängen. Ein Musiker? Erdem hatte sich einen richtigen Mann gewünscht. Er konnte sich nicht vorstellen, dass echte Männer musizierten. Vielleicht deswegen die längeren Fingernägel?

Die fremden Hände knöpften sorgsam sein Hemd auf. Einen Knopf nach dem anderen. Dann öffneten sie seinen Gürtel und den Hosenknopf. Für den Reißverschluss der Hose ließ Nils sich Zeit. Zog ganz langsam. Erdem sah fasziniert zu, glaubte, sein Schwanz würde jeden Moment explodieren. Die Hose glitt zu Boden.

Nils zog sich ebenfalls bis auf die Unterhose aus, legte sich auf das Bett und schlug mit der flachen Hand einladend auf die Matratze.

»Hey komm, ich beiß dich nicht.«

Erdem setzte sich auf die Bettkante und schaute in zwei tiefblaue Augen. Das war jetzt der ersehnte Moment. Nun würde es kein zurück mehr geben. Er legte sich daneben, eigentlich ganz einfach. Für einen Moment hielt er die Luft an. Die fremden Hände betasteten ihn ohne jede Scheu. Überall.

Und die Anspannung schwand. Erdem begann, die Berührungen zu genießen. Nils war kaum größer als er selbst. Man konnte seine Muskeln spüren, wenn man ihm mit der Hand über die feste Brust strich.

Am Bauch lockte ein feiner blonder Flaum. Erdem verfolgte mit den Fingerkuppen die Spur der Härchen. Wie sie sich um den Bauchnabel kräuselten. Danach verdichtete sich der helle Pelz, war dann aber an entscheidender Stelle vollends abrasiert.

Erschrocken zog Erdem seine Hand wieder zurück.

Nils nahm ihn in den Arm und drückte ihn. Wenn er nur etwas kräftiger zupacken würde. Zu gern würde

Erdem seine Kraft richtig spüren. Am besten, bis er keine Luft mehr bekam. Stattdessen schob der Mann ihm jetzt das Knie zwischen die Beine und rollte sich auf ihn.

Erdem schloss die Augen. Was auch immer der Mann vor hatte, von nun an würde er es geschehen lassen.

Erstmalig erschienen in:
Mein schwules Auge 11 (2014), Das schwule Jahrbuch der Erotik, Konkursbuchverlag Tübingen

Nieselregen

Nieselregen, Bergner und ich fahren im Schritttempo durch Wohnstraßen. Es dunkelt, die Spätschicht geht in die zweite Halbzeit.

»Was zum Teufel zieht dich eigentlich nach Hamburg?«, fragt Bergner.

Ich räuspere mich. »Hab' ich dir doch alles schon erklärt. Studieren, gehobener Dienst, mehr Geld und so weiter und so fort.«

»Lars Brentrop auf dem Karrieretrip, ich glaub's echt nicht.« Bergner verschränkt die Arme. »Aber du kannst das alles hier in NRW haben. Mit Chance kommst du hinterher zurück nach Düsseldorf und nicht ins Sauerland. Gib's doch zu, dass du da was am Laufen hast. Ich kenn dich doch, du lässt nie was anbrennen.«

Das trifft ins Schwarze. Wenn man über Jahre täglich zu zweit im Auto hockt, lernt man sich besser kennen als manches Ehepaar. Bevor er weiter bohren kann, meldet sich die Einsatzzentrale.

»Düssel 23/1 von Düssel kommen!«

»Düssel 23/1 hört«, antwortet Bergner.

»Düssel 23/1 fahren Sie zur Füsilierstraße 78, zweite Etage, dort wird die Ehefrau vom Ehemann bedroht. Sonderrechte unter Beachtung der besonderen Sorgfaltspflicht zugelassen. Zu ihrer Unterstützung ist mit eingesetzt Düssel 24/1. Düssel 23/1 Sie übernehmen die Führung. Uhrzeit: 21:36 Uhr. Kommen!«

»Düssel 23/1 hat verstanden. Ende.« Bergner beendet die Verbindung und dreht sich zu mir. »Kurz vor Dienstschluss und wir ziehen mal wieder die A-Karte.«

Ich schalte das Blaulicht ein und gebe Gas.

Wir halten vor einem Mietshaus aus den sechziger Jahren. Heike und Sven erwarten uns schon, die Kragen der Dienstjacken hochgeschlagen. An der Hauswand lehnt ein etwa zehnjähriger Junge und knetet einen Plüschhund.

»Was ist los?«, fragt Bergner.

»Zweiter Stock, Stiefvater verprügelt Mutter. Der Sohn konnte flüchten.« Sven deutet mit der Hand zur Hauswand.

Der Junge zieht Rotz hoch, drückt sich den Hund an die Brust und schaut uns mit großen Augen an.

»Lars, du bleibst bei ihm, wir drei gehen hoch«, sagt Bergner.

Sein Blick duldet keinen Widerspruch. Dabei kann er sich denken, dass ich nicht die geringste Lust auf Babysitting habe. Den lieben Schutzmann geben, dein Freund und Helfer. Kann nicht Heike… ? Natürlich kann sie nicht. Sie wird oben gebraucht, muss sich um die Ehefrau kümmern. Bergner hat seine Anweisungen gegeben und jetzt, während des Einsatzes, gibt es keine Diskussion.

Die drei verschwinden im Treppenhaus, und ich beuge mich zu dem Jungen. »Wie heißt du denn?«

»Felix.« Er zieht wieder den Rotz hoch.

»Hallo Felix, ich bin Lars. Hast du die Polizei alarmiert?«

Felix nickt und sieht mich an. Ich ziehe eine Packung Tempotücher aus der Jacke und wische ihm die Nase ab.

»Das war völlig richtig von dir. Pass auf, hast du schon mal in einem Streifenwagen gesessen?«

Felix schüttelt den Kopf.

»Na, dann komm mal mit.«

Ich schiebe ihn auf den Fahrersitz und stülpe ihm die Dienstmütze über. Felix kurbelt am Lenkrad. Währenddessen hocke ich in der geöffneten Tür.

»Gefällt's dir?«

Felix nickt. Sein Plüschhund sitzt auf dem Beifahrersitz. Die Einsatzzentrale meldet sich, und ich antworte. Felix beobachtet mich dabei aufmerksam. Anschließend erkläre ich ihm die Tasten des Funkgeräts.

Die drei kehren unterdessen aus dem Haus zurück. Heike und Sven rücken sofort ab zum nächsten Einsatz. Bergner trägt eine bunte Reisetasche und geht damit zum Kofferraum. Ich erhebe mich.

Er verdreht die Augen. »Die Kindesmutter will bei ihrem Mann bleiben. Sie möchte, dass wir den Jungen zu seiner Großmutter bringen.«

Immer das gleiche. Bergner schnappt sich das Plüschtier und setzt sich auf den Beifahrersitz. Ich wende mich wieder dem Polizei-Nachwuchs zu.

Der Kleine zeigt mit ausgestrecktem Finger auf die frische Narbe an meiner Stirn, die sonst von der Dienstmütze verborgen ist. »Woher hast du das?«

»Das wüsste ich allerdings auch gern.« Bergner sitzt auf dem Beifahrersitz, den Hund auf den Knien. »Aber noch ist er nicht damit rausgerückt.«

Ich lasse mich nicht beirren. »Da hat mich ein Mann überfallen.«

»War das ein Verbrecher?« Felix' Mund bleibt offen stehen.

Ich nicke. »Ja. Er hatte einen Baseballschläger und wollte seine Ex-Freundin verhauen. Ich habe sie beschützt.«

»Ist der Verbrecher jetzt im Gefängnis?«

»Ja, wir haben ihn gleich festgenommen.«

»Ich will auch Polizist werden«, verkündet Felix und sieht mich mit glänzenden Augen an.

Ich eröffne ihm, dass wir ihn jetzt zur Oma bringen. Er wirkt erleichtert. Während der kurzen Fahrt macht Bergner Meldung bei der Einsatzzentrale, kurz darauf liefern wir unseren Fahrgast bei der Großmutter ab. Seine kleine klebrige Hand drückt mich beim Abschied ganz fest.

Wir machen uns auf den Rückweg zur Dienststelle.

Nach einer Weile durchbricht Bergner das Schweigen. »Alles in Ordnung mit dir?«

»Musste das sein? Du weißt doch, dass solche Einsätze für mich ein Déjà-vu sind!«

»Lars, ich kann die Welt nicht besser machen. Ich kann auch nichts für deine Kindheit. Aber ich kann verhindern, dass du in deiner persönlichen Betroffenheit Dummheiten machst. Klar, der Schwachkopf schlägt seine Frau. Trotzdem solltest du wegen so einem nicht deine berufliche Laufbahn riskieren.«

»Manchmal stoßen solche Typen ja ungeschickt gegen den Türrahmen und brechen sich das Nasenbein. Das passiert eben bei einem Handgemenge. Dumm gelaufen …«

»Lars!« Bergners Stimme nimmt einen missbilligenden Tonfall an.

Ich brauche ihn nicht ansehen; die senkrechte Falte, die jetzt auf seiner Stirn zu sehen sein muss, kenne ich nur zu gut.

»Apropos gebrochene Nase. Schön, dass ich auf diese Weise auch mal erfahren habe, woher eine deiner Verletzungen stammt.«

Auch das noch. Jetzt fängt er wieder an und bohrt. Mit dürftigen Hinweisen werde ich ihn nicht mehr lange abspeisen können.

»Schön, dass wir als Kollegen keine Geheimnisse voreinander haben. Es kann sich eben einer auf den anderen verlassen.«

Immerhin: Von allen Kollegen auf der Dienststelle ist Bergner die Ausnahme. Bergner ist in Ordnung. Schon deshalb verdient er ein Mindestmaß an Information. Ich mache es einfach wie die meisten Tatverdächtigen. Gebe den unverdächtigen Teil der Geschichte preis und behalte den Knackpunkt für mich.

»Also pass auf. Ich erzähle es nur dir und nur einmal. Sie hatten mir eine Wohnung in einem anonymen Hochhaus verschafft. Eine Frau zog in die Nachbarwohnung ein und ich hab' ihr ein bisschen geholfen. Als Dankeschön hat sie mir abends am Fenster einen Kuss gegeben.«

Eine Frauengeschichte. Perfekt. Und nicht mal gelogen. Bergner wird das zweifellos schlucken.

»Als Dankeschön«, echot Bergner, »einen Kuss!« Seine Rechte klatscht auf den Oberschenkel. »Warum passiert sowas immer nur dir?«

»Ihr Ex war auf dem Stalker-Trip, hat das von draußen gesehen und mir am nächsten Tag eins übergezogen.«

»Dann bin ich beruhigt. Sakowski sagt nämlich ...«

»Sakowski interessiert mich nicht. Auf den kannst du doch nichts geben!«

»Sakowski wundert sich, warum sie ausgerechnet dich geschickt haben. Er sagt, dass du mit einem schwulen Kollegen ...«

»Sie haben mich geschickt, weil mein Trainings- partner aus dem ›Muscle-Top‹ auch zu den Opfern gehörte. Und mit dem Kollegen hat Sakowski ausnahmsweise mal recht. Und jetzt halt' dich fest: Genau der hat mir die Nase gebrochen.«

»Das ist nicht bei der Festnahme passiert?«

»Nein, ist es nicht.«

»Ein schwuler Bulle hat ausgerechnet dir die Nase gebrochen?!«

»Eifersucht. Ich wollte nicht, wie er wollte.«

Das trifft die Sache zwar nicht wirklich, tut aber seine Wirkung. Bergner knufft meinen Oberarm.

»Da bin ich aber echt erleichtert,« entfährt es ihm.

Ich lache. Bergner will erleichtert sein, das verstehe ich. Und es gibt keinen Grund, ihn während meiner letzten zwei Dienstwochen in Düsseldorf zu enttäuschen.

Zu dieser Geschichte:
Protagonist Lars Brentrop hatte seinen ersten Auftritt im Roman ›Bullenbeißer‹. Hier ist Lars nach Düsseldorf zurückgekehrt und fährt wieder Streife.

Bullenkoppel e.V.

Schwarz, weiß und blau. Die HSV-Farben, flächendeckend. Adsche war auf dem Rückweg vom Koronarsport. Oben auf dem Bahndamm donnerte eine S-Bahn vorbei und Licht flackerte über das Blechschild. Er sah genauer hin. *Kleingartenverein Bullenkoppel e.V.* Die Aufschrift war kaum mehr zu erahnen. Narrenhände... Wenigstens hatten die Täter nicht noch die Buchstaben *ACAB* drauf geschmiert. Das hätte grad noch gefehlt.

Er packte die Sporttasche ein wenig fester und hastete den schnurgeraden Weg zwischen den Ligusterhecken entlang. Meck wartete schon in der Laube auf ihn. Sie hatten verabredet, noch ein paar Eier in die Pfanne zu hauen und vielleicht ein, zwei Gläschen zu trinken. Adsche stieß die Pforte auf und trat noch rasch in den Schatten des Kirschlorbeers. Die Blase drückte ihn schon die ganze Zeit.

Mit der Faust bollerte er gegen die Tür. Wenn es auch sein eigene Laube war, soviel Höflichkeit musste sein.

»Ich bin's, Adsche! Alles klar?«

Keine Reaktion von innen.

Er riss die Tür auf. Es schien niemand da zu sein. »Meck?! Wo bist du?!«

In der Eckbank tauchte ein verquollenes Gesicht auf und blinzelte ihn an.

»Was ist denn?«

»Hast du geschlafen?«

»Mhhh.«

Auf dem Tisch stand eine Halbliterflasche Moskovskaja. Adsche nahm sie hoch. Leer. Er ging wieder hinaus, holte ein Sechserpack Mineralwasser aus dem Schuppen und schenkte ihm ein.

»Hier, trink!«

Meck trank das Glas in einem Zug leer. Und ein zweites gleich hinterher.

»Mannomann, was machst du bloß. Konntest du nicht auf mich warten?«

Meck schüttelte den Kopf und grunzte.

»Was gibt's Neues von Florian?«

»Mein Sohn …«, Meck kicherte wie Betrunkene eben kichern, »… mein Sohn hat ein Verhältnis mit einem Jungen.« Meck legte den Kopf zurück und fuhr sich mit den Händen durchs Haar. »Und ein Türke obendrein.«

»Auch das noch. Ist er wenigstens volljährig?«

Meck machte eine wegwerfende Handbewegung. »Ja, angeblich ist er sogar schon neunzehn. Macht das einen Unterschied?«

»Für den Staatsanwalt schon.« Adsche öffnete eine zweite Flasche Wodka und hielt sie Meck hin. Doch der wehrte mit der Hand ab. Stattdessen schenkte er sich selbst ein Glas ein. »Hat Lars es rausgefunden?«

Meck nickte. »Er sagt, das regt heute niemanden mehr auf. Es sei ganz natürlich. Ich glaub, im Grunde ist er genauso schockiert wie ich und überspielt es nur. Sie wollen ja alle cool sein, wie sie es nennen.«

Adsche leerte das Glas in einem Zug. Lars, der war in Ordnung. Das hatte er gleich erkannt. Menschenkenntnis war zeitlebens seine Stärke gewesen. Warum auch immer, Lars erinnerte ihn an sich selbst. In jungen Jahren. 1967, das Rolling-Stones-Konzert: zertrümmertes Gestühl, ohnmächtige Mädels. Wenige Wochen später der Schah von Persien im Rathaus. Die Straßen voll von protestierenden Studenten. Sein Tschako war dabei abhanden gekommen. Gute alte Zeit. Und immer Riesen-Schlagzeilen. Heute dagegen? Adsche schüttelte sich und trank noch ein Glas.

»Was grinst du so?«, lallte Meck.

»Nix, dachte nur grad an diesen Lars. Auf den kannst du dich verlassen.«

»Mmhh.« Meck rülpste leise.

Adsche war heilfroh, dass er jetzt nicht in Mecks Haut steckte. Dabei hatte er ihn sogar mal beneidet, damals als Florian zur Welt kam, 1978. Mecks zweites Kind ein Nachzügler, aber endlich ein Sohn. Wer konnte da ahnen, was aus dem lütten Schietbüx mal werden würde.

Er selbst hatte nichts als Mädels zustande gebracht. Bei beiden Versuchen. Naja, das machte auch nichts.

Sie waren im Laufe der Zeit genauso hübsch wie ihre Mutter geworden. Oder besser gesagt, wie Marianne einst gewesen war. Und sie hatten ihm kürzlich erst das dritte Enkelkind beschert. Glückliche Wärme durchflutete ihn. Die Schwiegersöhne? Schwamm drüber, alles Büro-Hengste.

Wie es ausschaute, würde Meck niemals Enkelkinder haben. Selbst die Tochter hatte keins zustande gebracht. Sie war etwas besseres geworden, eine Frau Professorin an der Universität. Der arme Meck. Die Tochter eine Intellektuelle und der Sohn eine Schwuchtel in Polizeiuniform. Eine Schande für die ganze Innung. Wie sollte Meck da Enkelkinder haben, wenn Sohnemann von nun an Türkenjungen fickte. Andererseits, wir hätten sie schon viel früher ficken sollen. Adsche trank noch ein Glas und lächelte fein.

»Lass mich mitlachen«, lallte Meck.

»Wir hätten die Muselmänner schon viel früher ficken sollen, als sie noch nicht so viele waren in unserem Land.«

Statt mitzulachen rülpste Meck laut. Plötzlich sprang er hoch, riss die Tür auf und übergab sich draußen in den Kirschlorbeer. Eine Mischung aus kühler Nachtluft und dem säuerlichen Aroma frisch erbrochenen Wodkas waberte herein.

Adsche war froh, dass Meck wenigstens nicht die Laube eingesaut hatte. Das hätte grad noch gefehlt. Wenn man es nicht vertragen kann, dann soll man eben nicht so viel trinken. Er schob ihn an die

Küchenspüle und drehte den Wasserhahn auf. Meck wusch sich das Gesicht und spülte den Mund. Er stützte ihn, damit er nicht umfiel in seinem Suff und staunte dabei über Mecks Haarpracht. Kein Anzeichen von Glatze am Hinterkopf, und das in dem Alter. Adsche gab ihm ein paar Blatt von der Küchenrolle und sah zu, wie er sich damit umständlich abtrocknete.

Anschließend torkelte Meck allein zur Eckbank zurück und ließ sich fallen. »Sie haben Lars sein Krad geklaut, heute vormittag«, murmelte er.

»Am helllichten Tag?!«

Waren das Zeiten heutzutage, dachte Adsche. Die schreckten auch vor nichts mehr zurück. Aber irgendwie war der Kerl auch selbst schuld. Wie konnte man nur freiwillig nach Billstedt ziehen. Wohnte da mit diesem Türsteherverschnitt zusammen. Als Polizeibeamter! Zeiten waren das, unglaublich. Wahrscheinlich kamen die beiden sich unbesiegbar vor, wenn sie gemeinsam irgendwo auftraten. Breites Kreuz, dicke Arme. Ach ja. So gesehen, waren die jungen Kerle zu beneiden. Mit Dreißig noch frei rumficken können. In dem Alter waren seine beiden Töchter bereits zur Schule gegangen.

»Meck?«

»Mmhh…«

»Sag mal, fickst du eigentlich noch mit Ilka?«

»Was?!«

Adsche schüttete ein weiteres Glas Wodka in sich hinein. »Ob du noch mit deiner Alten fickst.«

Meck sah aus, als hätte er Mühe, sich an das letzte Mal zu erinnern. »Sonntags«, murmelte er schließlich.

»Was?«

»Sonntags.«

»Wieso Sonntag?«

»Montag ist Schützenverein, Dienstag Feuerwehr, Mittwoch Doppelkopf, Donnerstag Sport, Freitag Stammtisch und am Samstag Fernsehen. Falls es mal was ordentliches gibt. *Wetten dass* oder so.« Meck zuckte die Achseln und lächelte. »Bleibt nur der Sonntag.«

Adsche kratzte sich am Kopf. Der Alkohol ließ Meck reichlich blöde aussehen. Kein Wunder, wenn in so einer Familie der Sohn schwul geworden war.

Lars, den hätte er bei Brokdorf gebrauchen können. Der hätte gut in seine Truppe gepasst. Damals hatten sie ihn und seine Männer ein paar Tage zuvor in einer Schule einquartiert. Die Jungs hatten nicht gewusst, was draußen abgeht. Kein Stück. Voll abgeschnitten. Handys kannte man ja noch nicht. Zum Glück. Er selbst hatte dafür gesorgt, dass es nicht mal ein Radio gab. Stattdessen Kartenspiele und das Gerücht, AKW-Gegner hätten einen Kollegen lebensgefährlich verletzt. Dann waren die Jungs mit dem Hubschrauber am Deich abgesetzt worden. Ja, die waren damals auf Zack!

Adsche musste schon wieder pissen. Er ging vor die Laube. Wo Meck vorhin gekotzt hatte, schlug ihm immer noch saure Luft entgegen. Er schüttelte sich, ging ein paar Schritte weiter und holte den Schwanz raus. Lag schön schwer in der Hand, wie er es gewohnt war. Sein bester Freund seit fast siebzig Jahren. Adsche entspannte sich, aber es kam nichts. Kein einziger Tropfen. Er drückte und presste schließlich ein schwaches Rinnsal heraus. Missmutig schob er ihn wieder in die Hose.

»Was hast du solange draußen gemacht?«, fragte Meck, der augenscheinlich langsam wieder zu sich kam.

Einen Moment lang starrte Adsche in sein leeres Schnapsglas. »Hast du denn keine Probleme beim Pissen?«

Meck schüttelte mit erschreckender Selbstsicherheit den Kopf.

Adsche sprang auf und ging zur Spüle. Er streckte sich und tastete auf dem Hängeschrank herum. Schließlich hielt er eine Broschüre in der Hand, die er dort oben versteckt hielt. Er warf sie auf den Tisch. »Da, lies selbst. Hat mir der Arzt gegeben.«

Meck blätterte in der Broschüre und las laut vor. »Patienteninformation. Benigne Prostatahyperplasie.«

Mit einem erschrockenem Ausdruck im Gesicht legte er die Broschüre wieder zurück auf den Tisch. Ganz so, als sei die bloße Lektüre schon ansteckend.

»Hast du Krebs?!«

»Nein, verdammt. Nur eine vergrößerte Prostata.«

»Kann man das nicht operieren?«

Adsche nickte. »Kann man.«

»Na dann …«

»Du hast die Seite mit den Risiken nicht gelesen. Wenn ich Pech habe, krieg ich hinterher gar keinen mehr hoch. Wenn alles gut geht, dann habe ich nur eine … wie nennen sie das noch …« Er blätterte in der Broschüre und las dann das gesuchte Fremdwort langsam und Silbe für Silbe vor. »Hier steht's: eine re-tro-gra-de E-ja-ku-la-ti-on.«

»Eine was?«

»Verdammt, dann spritze ich nicht mehr ab, keinen Tropfen. Die ganze Schose geht nach hinten los. Aber wenigstens kann ich's dann ungehindert auspinkeln.«

»Schiete.«

»Du sagst es.« Adsche füllte ein weiteres Glas bis zum Rand mit Wodka.

Zu dieser Geschichte:
Lars und Flo sind Protagonisten aus dem Roman ›Bullenbeißer‹. In dieser Geschichte treten zwei pensionierte Polizeibeamte auf: Flos Vater Meck und sein Kumpel Adsche.

Director's Cut 2.0

Karsten kam mir auf dem Parkplatz entgegen. Sein Oberkörper wiegte sich im Takt der Schritte und ich seufzte leise. Kompakte Männer mit offenem Kragen und gelockerter Krawatte sind wahre Hingucker für mich.

Aus unerfindlichen Gründen haben solche Kerle eine Vorliebe für Hemden mit Button-Down-Kragen, der ihren Hals noch kürzer erscheinen lässt. Und weil das zwickt, schließen sie den obersten Hemdknopf gar nicht erst. Ein Dreitagebart ist dann das i-Tüpfelchen, bei dunkelhaarigen Typen wie Karsten reicht es, wenn sie unrasiert sind.

Gab man ihm die Hand, musste man auf der Hut sein. Damit er sie nicht im falschen Winkel erwischte und Gelegenheit bekam, sie zu quetschen.

»Hey Rolf, neues Auto, auch so eine Macho-Schleuder?«

Ich nickte. »Wenn man Männern die Freiheit ließe, würden sie sich alle 'nen Pick-Up kaufen. Aber dann ficken sie ein Weib, kriegen Nachwuchs und müssen zur Strafe den Rest ihres Lebens einen Golf-Kombi fahren.«

Er lachte und haute mir auf die Schulter. Da ich größer bin, traf es mich nicht mit voller Wucht.

Wir gingen über den Hof zum Bürotrakt, der an sein Wohnhaus anschloss, Karsten immer vorweg. Dabei geriet sein Stiernacken in mein Blickfeld. Schlanke Jungs können davon nur träumen. Die Bürohälse im Marketing nennen sowas ein Alleinstellungsmerkmal. Bei McFit lässt er sich nicht so schnell antrainieren. Klar, die armen Kerle werden deswegen gern mal im unteren sozioökonomischen Bereich verortet. Doch in schwulen Kreisen ist das Wort prollig heute längst ein Synonym zu ultra-erotisch.

Karsten hielt mir die Eingangstür auf. Hier hatte der tapfere Polizeibeamte Lars Brentrop im Showdown von Bullenbeißer um sein Leben gekämpft. Der Hausherr hatte es für einen cleveren Werbetrick gehalten, wenn ich ihn, den Produzenten schwuler Pornofilme, in einem Thriller verewigen würde. Der Erfolg sprach für sich, Karsten erhielt sogar ernsthafte Anfragen zu Snuff-Videos. Im Meetingraum gab ein großflächiges Fenster den Blick in den Garten frei.

»Johanna lässt sich übrigens entschuldigen. Sie schickt ihren Produktmanager.«

»Produktmanager?« Ich wusste nicht, dass es in dem Verlag für den ich schrieb, Produktmanager gab.

»Tatsächlich. Wegen ihm sitzen wir heute hier. Ein ganz junger Bengel mit cleveren Vermarktungsideen. Da ist nix mehr mit Schwulenbewegung und so. Money makes the world go around!«

Ich war per E-Mail gebeten worden, eine Reihe erotischer Geschichten zu schreiben. Wenn ich es richtig verstanden hatte, sollte Karsten die Stories verfilmen und alles zusammen würden sie als multimediales Werk vermarkten. Leicht verdientes Geld, solche Geschichten hatte ich längst auf meiner iCloud liegen. Als Autor muss man sich nicht mit Pornofilmen entspannen. Man schreibt einfach eine Geschichte.

»Ich hab schon mal was geschickt, als Teaser sozusagen. Hast du das gelesen?«

Karsten tippte und wischte auf seinem iPad. Also hatte er es nicht gelesen.

»Kleinen Moment«, murmelte er und vertiefte sich in den Bildschirm. »Der erste Kerl, ziemlich blasser Titel.« Kichernd las er den Anfang der Geschichte vor.

1978 saß ich in meiner Studentenbude am Fenster und lernte alles über aromatische Kohlenwasserstoffe. Während ich über dem Organikum brütete, schweifte mein Blick regelmäßig auf die gegenüberliegende Straßenseite. Dort hatte sich ein Installateursbetrieb in einer Ladenwohnung eingemietet. Einer der Gesellen liebte es, vor der Tür herumzulungern. Sein Unterkiefer war unablässig damit beschäftigt, einen Kaugummi durchzuwalken. Ob der nie arbeitete? Sicher war er schon Dreißig, was mir entsetzlich alt vorkam und mich zugleich wahnsinnig erregte. Er steckte in einer grau-blauen Zunfthose und trug seine

Elbsegler-Kappe schief auf dem Kopf. Raffte er dann noch die Ärmel seines Troyers hoch, schwoll die Beule in meiner Hose zu voller Größe.

Karsten legte das iPad auf den Besprechungstisch. »Ich dachte, du seist sowas wie 'n Spätzünder und hast bis Mitte Dreißig nur mit Frauen rumgemacht?«

Ich fasste mir an die Stirn. »Hallo?! Ich bin Autor, das ist ausgedacht. Alles reine Fantasie.«

»Und warum dann der Ich-Erzähler?«

»Weil's dann authentischer wirkt. Lass den Leser doch in dem Glauben, dass ich seit dreißig Jahren ununterbrochen geile Handwerker aufreiße.«

»Wenn die wüssten.«

»Wissen sie aber nicht. Als Autor musst du immer auch eine Story über dich haben.«

»Und sich das gleiche Angeber-Auto kaufen wie der Star des Wrestling-Porno Rüdiger Hansen.«

»Genau. Er ist übrigens *dein* Lover und mein Pick-Up ist nicht aus Amiland, sondern ein Vernunft-produkt aus Japan.«

»Also nicht mal authentisch, genau wie der Autor.«

»Dafür passt meiner in jedes Parkhaus. Ich komme überall hin mit meinem kleinen Ding.«

»Der Konsument von Pornofilmen will aber fette Dinger sehen. Kleinschwänze sind eher ein Nischen-markt.«

Es klopfte an der Tür und ein Jüngling betrat den Raum. Karsten und ich sahen verwundert auf. Alles an ihm war makellos. Frisur, Maßanzug und Krawatte. Ganz zu schweigen vom Haifischkragen seines Hemds.

»Guten Tag, die Herren. Mein Name ist Marcus Machmann. Ich bin seit letzter Woche CVO der neu gegründeten MS Media Holding SE. Sie können mich gern Mark nennen, alle meine Freunde tun das.«

Ich fasste mir ein Herz und hakte nach. »Herr Machmann, entschuldigen Sie die Unkenntnis eines in Business-Angelegenheiten ungeschulten Autors. Was bedeuten denn die Abkürzungen?«

Machmann nahm an der Stirnseite des Tisches Platz und öffnete sein MacBook Air. Er sah mich einen Moment an und holte dann zu einer längeren Erläuterung aus. CVO stand für *Chief Visionary Officer*. Er würde von nun an die Ideen für neuartige Medienprodukte liefern. SE sei eine Aktiengesellschaft europäischen Rechts. Diese Rechtsform hätten sie gewählt, weil sie in Kürze den Firmensitz von der Langen Reihe in Hamburg nach Amsterdam verlegen würden.

Ich nahm mir im Stillen vor, mit meiner Literaturagentin über einen Verlagswechsel nachzudenken. Nur vorsichtshalber.

»Wer von Ihnen ist denn Herr Reetlin?« Er betonte meinen Namen auf der ersten Silbe, wie in Reetdach.

»Redlin, man betont den Namen auf der zweiten Silbe, wie in Berlin.«

Er sah mich kurz an. »Sind Sie das?«

Ich nickte.

»Sehen Sie Herr Reetlin, Ihre Bücher verkaufen sich in letzter Zeit nur mäßig und das wollen wir ändern. Mir schwebt da eine enge Verzahnung vor. Sie schreiben Unterhaltungsliteratur, ein bisschen prickelnd, aber nicht wirklich erotisch. Grad so, dass man es auch seiner Mutter zum Lesen geben kann.«

War das jetzt ein Kompliment?

»Und dann werden Sie künftig noch so etwas wie einen Director's Cut dazu schreiben. Sozusagen die explizite Variante, die wir vor Mutti verstecken müssen.« Zum Abschluss zeigte er auf Karsten. »Und die wird dann von Ihnen verfilmt.«

»Das trifft sich gut«, warf ich ein. »Im letzten Jahr habe ich etwas ähnliches für *Mein schwules Auge* vorbereitet. Da vorn auf dem Sideboard steht der Band, lest selbst.«

Karsten und Machmann überflogen nacheinander den Text und ich sah ihnen beim Blättern zu.

»Hmm…«, Machmann schob das Buch in die Tischmitte. »Die Idee ist gut. Der Roman *Bärensommer* ist prädestiniert für so etwas. Aber es fehlt so das gewisse … also ich weiß nicht. Hätte es nicht ein wenig expliziter sein können?«

»Das finde ich allerdings auch«, warf Karsten ein, »hier passiert ja gar nix, außer dass ein schüchterner Junge auf die Klamotten von seinem Vorarbeiter wichst. Ich bitte dich, sowas hab ich mit Fünfzehn zuletzt gemacht.«

36

Karsten du Aas! Warum fällst du mir vor diesem Visionärs-Bürschchen in den Rücken? Das zahle ich dir heim!

Das Bürschchen haute in die gleiche Kerbe. »Da muss es noch viel mehr zur Sache gehen. Der Zuschauer will Schwänze, Schwänze, Schwänze! Nur dann ist er rundum glücklich.«

Eingeschüchtert machte ich einen Vorschlag. »Man könnte vielleicht die Fantasien visualisieren, die Bastian umtreiben. Das Kopfkino sichtbar machen. Den Riesenschwengel des Vorarbeiters, das üppige Fell auf seiner Brust.«

Ich hasste mich dafür, dass ich so mirnichtsdirnichts auf die Route des Visionisten eingeschwenkt war.

Nun aber fiel mir Karsten endgültig in den Rücken. »Rolf, ich muss dich enttäuschen. Wie bei Rück—blenden überfordert man damit den Zuschauer allzu leicht. Das blicken die in ihrer Geilheit doch gar nicht. Liefer uns doch lieber was Handfestes. Ein ehrlicher, bodenständiger Fick, der macht unsere Kunden glücklich. Und wenn ich ficken sage, meine ich ficken. Kein Anfänger-Blowjob und keinen schüchternen Klamottenwichs.«

Machmann strahlte Karsten an und mir dämmerte, wo hier künftig die Beziehungsfäden geknüpft sein würden. Aber kampflos wollte ich das Feld nicht räumen.

»Meine Herren, lassen Sie uns das Meeting hier beenden und es als eine Art vorläufiges Briefing ansehen. Als Hausaufgabe nehme ich mit, bis zum nächsten Zusammentreffen in einer Woche einen Test-Plot auszudenken.«

»Sehr gut, Herr Reetlin. So gefällt mir die Zusammenarbeit.« Machmann klappte seinen Laptop zu, schüttelte jedem von uns die Hand und entschwand.

Karsten stieß mir freundschaftlich seine Faust gegen die Brust. »Dann sieh mal zu, dass du deine Hausaufgaben erledigst.«

Ich fuhr in meinem Pick-Up nach Hause und setzte mich vor den iMac. Ob es eine gute Idee wäre, die Geschichten im Präsens zu schreiben? Die Gegenwartsform erhöhte zweifellos die Intensität, ohne einen Ich-Erzähler wählen zu müssen. Wenn die Geschichten erotisch sein sollten, als Einhand-Lektüre tauglich, so musste man den Leser abholen. Abholen im Alltag, wo er, unverhofft kommt oft, auf den Traumkerl schlechthin trifft, der ihn dann ordentlich rammelt. Soweit die Theorie.

In der Praxis will niemand lesen, wie der Protagonist im Café Gnosa am Nachbartisch diesen süßen Mediengestalter kennenlernt. Selbst wenn er eine knappe Zimmermannshose in Größe 94 trägt. Da können die beiden noch so versaut oder vertraut miteinander sein. Das ist kein Plot für eine pornografische Geschichte.

Also nachgedacht. Wo trifft der schwule Leser realistisch gesehen auf einen dieser kerligen Macker?

Richtig, an der Autobahn. Nur dort herrscht die ersehnte Anonymität. Autos rollen in steter Folge auf den Parkplatz und verlassen ihn wieder. Darin einsame Männer mit Beule in der Hose, immer Lust auf ein Abenteuer. So stehen sie dann da, Bi-Kerle, die nicht wissen, ob sie schwul sind oder sich das nicht eingestehen wollen oder was auch immer. Warten auf einen Schwulen, den es nach ihrem Saft dürstet. Auf dass er sich vor sie kniet. Das verleiht dem Bi-Kerl ein trügerisches Gefühl der Überlegenheit und berauscht den Knieenden mit dem süßen Gefühl der Unter-ordnung.

Ich wählte die Stilvorlage ›Normseite‹ und begann zu schreiben.

Im fahlen Licht des Vollmonds wirft der Sattelzug einen harten Schatten. Unleserlich weil verwittert ist die Aufschrift auf der Persenning und das Kenn—zeichen lässt sich ebenfalls nicht entziffern.

Wo der Schatten am dunkelsten ist, kniet Jonas. Er hat nur den Hosenschlitz des Truckers im Blickfeld, eine verschossene Levis mit deutlicher Wölbung. Sanft reiben seine Lippen über den durch häufiges Waschen aufgerauhten Jeansstoff. Seine Hände tasten die festen Arschbacken entlang. Das harte Glied des Truckers zuckt lustvoll unter dem Denim. Sanft knabbert er an der wuchtigen Keule. Worauf der Kerl oben genüßlich stöhnt, Jonas' Kopf packt und ihn mit Macht gegen seinen Schwanz drückt.

Der Trucker flüstert in einer fremdartigen kehligen Sprache, die Jonas nicht versteht. Körpersprache allerdings ist universell und er hat längst deutlich gemacht, wonach ihm der Sinn steht. Jonas schaut hinauf, blickt in ein unrasiertes schnauzbärtiges Gesicht und nimmt sich fest vor, den Fremdling nicht zu enttäuschen. Wenn der Unbekannte in einigen Tagen wieder glücklich zuhause bei Frau, Kindern und frischen Datteln sitzt, soll er sich wehmütig an den blonden Deutschen erinnern.

Für einen Moment hielt ich inne. Glück, Wehmut, was war das für dummes Zeug, das ich da schrieb. Der Trucker würde seine Alte besteigen und sich dabei vorstellen, den Arsch des Blonden zu ficken. So einfach war das.

Ein Bi-Porno also. Marcus Machmann würde nicht glücklich darüber sein.

Alles viel zu kompliziert.

Erstmalig erschienen in:
Mein schwules Auge 10 (2013), Das schwule Jahrbuch der Erotik, Konkursbuchverlag Tübingen

Schnauz

Meine Gegenwehr erlahmt, er hat mich soweit. Markus sagt, ich sei noch jung und mein Bartwuchs nicht dicht genug. Das ist zwar nicht, was ich hören will, doch was gibt's da groß zu verlieren. Wenn sich einer in diesem Metier auskennt, dann er.

Beinahe zwei Jahre habe ich gezüchtet, doch mir will kein üppiger Hipsterbart wachsen. Er bleibt zippelig, auch wenn einzelne Haare durchaus beträchtliche Länge erreicht haben. Nun fallen sie binnen Sekunden unter flinker Schere.

»Na, das sieht doch schon ganz anders aus,« sagt er.

Mein Spiegelbild erscheint mir gewöhnungsbedürftig. Allerdings, wenn ich ehrlich sein soll, hat er schon recht. »Beim Vollbart bleibt es aber! Nicht, dass ich gleich mit Schnauzbart nach Hause gehe.« Ich bemühe mich, meiner Stimme einen drohenden Unterton zu geben. Unter dem Frisörumhang fühle ich mich so seltsam wehrlos.

»Keine Sorge, ich verpass' dir keinen Pornobalken!« Markus lacht und klappert mit der Schere.

Ich lache mit, wenn er auch den wunden Punkt getroffen hat. Seit Jahren beobachte ich gleichermaßen mit Sorge und Hoffnung den Bartwuchs auf der Oberlippe. Mir scheint, er sprießt dort ganz besonders spärlich. Ganz wie ein zarter Flaum, der in die Mundwinkel hineinhängt und in dem sich höchstens die Nutella verfängt, die ich mir morgens aufs Knäckebrot streiche.

Mehr noch als einen Hipsterbart wünschte ich mir einen Schnauzbart. Vielleicht nicht ganz so üppig wie der aufgemalte Schnauz von Groucho Marx. Auch nicht schwungvoll gezwirbelt wie bei Wilhelm dem Zweiten. Schon gar nicht á la Salvadore Dalí. Ich höre zwar für mein Leben gern die *Bohemian Rhapsody*, aber ich bin doch kein Bohémien bitteschön. Nur ein schwuler Wirtschaftsinformatiker mit frischem Master-Abschluss. Der Bart von Freddie Mercury allerdings, der war schon ziemlich cool und sexy. Ach, was sag ich. Rattenscharf, definitiv. Breit und dunkel füllte er den Raum zwischen Nase und Oberlippe, war dabei dennoch säuberlich gestutzt und hing nicht in den Mund. Freddie war 29 als er die Rhapsody schrieb. Kaum älter als ich heute, der ich seinerzeit nicht einmal geboren war.

Es dauerte noch Jahre, bis Freddie meine Aufmerksamkeit gewann. Das gelang einem anderen Kerl viel früher. Ich weiß, es ist ein bisschen peinlich, aber schließlich hatten wir noch kein Internet. So war es beinahe unvermeidlich, dass der Marlboro-Mann aus der Zigarettenwerbung zu jenem Kerl wurde, um den sich meine jugendlich pubertierende Fantasie drehte. Männlich-markantes Gesicht und eine gestutzte blonde Schnauzbürste mit Barthaaren wie aus Draht. Was habe ich mir seinerzeit Gedanken gemacht zu der meine kleine Teenager-Welt bewegenden Frage, wie sich diese Drahtbürste wohl anfühlen mochte. Auf der Haut, hier und dort. Vor allem dort.

Als später die Fantasien meiner Pubertät nach und nach Wirklichkeit wurden, trugen die Kerle in meinem Umfeld keine Schnauzbärte mehr. Sie rasierten sich die Schädel blank und trugen dazu modische Gesichtsbehaarung, der sie den neudeutschen Namen Goatee gaben, von meiner Großmutter aber Polizisten- oder Ulbricht-Bart genannt wurde. Beides musste ich erst einmal googlen.

Heute nun sind die Ziegenbärte zur Hipsterwolle herangewuchert. Nur bei mir reicht es nicht einmal für einen Schnauz. So lebe ich allein auf der weiten Welt mit meinen Schnauzbart-Fantasien. Die lassen sich allenfalls ein klein wenig stillen, wenn sie im Fernsehen Filme mit Tom Selleck zeigen. Sämtliche Staffeln von Magnum besitze ich ohnehin. Im englischen Original und auf Blu-ray. Die synchronisierte Fassung gibt es nur auf DVD. Es sind harte Zeiten für Schnäuzer-Liebhaber.

Wenn wir auch nicht diskriminiert werden, so schlägt uns doch amüsierte Ablehnung entgegen. Ich denke nur an den Begriff Pornobalken, den Markus grad so mit gehässigem Tonfall in den Mund genommen hat. Keine Ahnung, ob er auch schwul ist, als Frisör. Ein wenig Toleranz hätte ich mir schon erhofft. Trotzdem runde ich an der Kasse auf 25 Euro auf. Er hat es verdient. Draußen schaue ich immer wieder nach meinem Spiegelbild in den Schaufenstern. Der Vollbart kommt gut so!

Daheim parkt ein Lieferwagen mit Warnblinkanlage vor dem Häuserblock. Die Haustür zum Nachbarhaus steht offen. Zwei drahtige Typen tragen ein Sofa über den Bürgersteig und ich komme nicht an ihnen vorbei. Klar, da zieht jemand ein, es ist Monatsanfang. Ich schaue ihnen hinterher und krame meinen Haustürschlüssel aus der Jacke hervor.

Im nachbarlichen Treppenhaus drängelt sich ein Kerl an den Trägern vorbei, bleibt in der offenen Tür stehen und fragt: »Ich bestell Pizza für alle. Willst du auch?«

Im Film hätte ich jetzt die Schlüssel fallen gelassen. Der Typ, der mich da grad zur Pizza einlädt, trägt einen Schnauzbart nach meinem Geschmack. Nun ist dies kein Film und in der Realität gibt es diese Sorte Überraschung nicht. Im wahren Leben tönt die Antwort aus dem Lieferwagen in meinem Rücken. »Ich nehm' Salami mit Extra-Schinken.«

Und schon ist der Schnauzbartmann wieder die Treppe hinauf verschwunden.

Oben in meiner Wohnung hänge ich die Jacke auf einen Bügel und muss meine Gedanken sortieren. Verflixt, ich erinnere mich nicht mehr an sein

Aussehen. Ist der Bart blond? Die Augenfarbe? Keine Ahnung. Ich glaube er ist größer, deutlich größer als ich. Oder ist das jetzt Wunschdenken? Sein Hals erschien mir ausgesprochen kräftig. Mein Gott, er könnte ein Kraftsportler sein. Wäre ich schlagfertig gewesen, ich hätte mich mit lockerem Sprüchlein selbst eingeladen. Aber ich bin nicht schlagfertig. War ich noch nie. Allerdings könnte ich meine Hilfe beim Umzug anbieten. Am besten gehe ich sofort hinüber und ...

Halt! Was bin ich für ein ein Idiot. Benehme mich grad wie eine verdammte Tusse. Ich weiß doch nicht einmal, ob er es ist, der da grad einzieht. Mag sein, er ist auch nur ein freundlicher Helfer. Wenn dem so ist, werde ich ihn erst recht niemals wiedersehen.

Ich ziehe mir ein Bier aus dem Kühlschrank und setze mich auf einen Küchenstuhl. Ruhe bewahren lautet die Devise. Das Bier prickelt ordentlich auf dem Gaumen. Wie so häufig steigt gleich nach dem ersten Schluck der Schaum aus der Flasche hervor.

Sollte Mister Moustache tatsächlich künftig in der Nachbarschaft wohnen, so wird er mir eines Tages begegnen, unweigerlich. Vielleicht schon morgen früh beim Bäcker. Oder im Fitnessstudio um die Ecke. Wie ein Hobby-Pumper sieht er schon aus. Wer weiß, ob der auf Kardio steht.

Ich stelle mir vor, wie ich ihm in der Umkleide begegne und er vor mir zu den Duschen geht. Groß und breit und mit wiegendem Django-Gang.

Der nächste Tag beginnt mit Stress in der Firma, ich komme erst sehr spät aus dem Büro und habe keinen Moment an ihn gedacht. Ich treffe mich mit einem Freund beim Sport und wir radeln gemeinsam vor der Monitorwand durch kalifornische Landschaften. Aber auch meinem besten Kumpel verrate ich nichts von meiner Sichtung. Mein Mister Schnauz gehört mir ganz allein.

Beinahe drei Wochen vergehen, bis er mir abends wieder über den Weg läuft. Es ist dunkel und ich trage die Sporttasche lässig über die Schulter geworfen. Diese Haltung habe ich schon vor Jahren eigens vor dem Spiegel einstudiert. Er kreuzt also meinen Weg, würdigt mich keines Blicks und geht schnurstracks auf das Nachbarhaus zu. Dieses Mal kommt er mir noch kräftiger vor. Er trägt eine klassische schwarze Lederjacke, die verdammt körperbetont sitzt. Meine Güte, der könnte tatsächlich auch auf Kerle stehen. Oder er ist ein Biker in schwuler Lederjacke. Heteros sind da manchmal nicht ganz stilsicher.

Ich schaue ihm hinterher, bis die Haustür ins Schloss fällt. Wenn ich nichts unternehme, wird es niemals etwas mit uns werden. Voll Sehnsucht blicke ich die Fassade hinauf. Im dritten Stockwerk rechts geht das Licht an und ich weiß plötzlich, was zu tun ist. Es sind nur ein paar Schritte bis zur Tür, ich zücke das Telefon und lichte kurzentschlossen die Klingelknöpfe ab. Eines der Namensschilder in der dritten Reihe ist blitzneu.

Oben in der Küche schaue ich mir das Foto genauer an, siegesgewiss. Ein einzelner Nachname – Behrmann. Immerhin. Adresse und Name sind schnell bei Google eingegeben. Zum Glück heißt er nicht Müller. Das erhoffte Wunder bleibt indes aus, leider. Kein Behrmann im Nachbarhaus. Ich sollte wissen, dass selbst Google nicht zaubern kann. So einfach ist es mit dem Stalking dann doch nicht. Zur Abwechslung wiederhole ich die Suche, nun aber ohne Straßenangabe und nur mit Ort. Den Suchradius erweitert, wie schlau von mir.

Ganz so schlau dann doch nicht. Es gibt viele Behrmanns in der Stadt: ein Restaurant, zwei Autohäuser, mehrere Ärzte. Ein Thomas Behrmann betreibt eine Fahrschule. Gar nicht dumm. Ich mache den Führerschein und lege mir ein Motorrad zu. Vielleicht klappt es dann mit dem Nachbarn.

Eine selten dumme Idee und dennoch klicke ich auf den Eintrag. Eine Do-It-Yourself-Website, wie peinlich ist das denn. Doch dann schaut er mich lächelnd an, auf die geöffnete Tür eines Kompaktwagens gelehnt. Und er trägt die gleiche Lederjacke wie vorhin. Ich speichere das Bild, vergrößere es ein wenig und begutachte den Schnauzbart. Der Hals ist wirklich kräftig. Und wie niedlich die etwas zu kleinen Ohren abstehen. Hashtag Husbandmaterial, eindeutig. Keine Sekunde würde ich zögern, meine Arme um ihn zu schlingen. Bei der Statur gibt's feste Arschbacken inklusive. Ein Sixpack braucht er nicht, lieber ein Bäuchlein mit Haaren. Ich studiere die kleine Website, bis ich beinahe jedes Wort auswendig kenne. Natürlich bietet er auch Fahrstunden auf dem Motorrad an. Darauf genehmige ich mir einen Campari Soda.

Später, im Bett liegend, fällt mir ein, was ich mal irgendwo gelesen habe. Fahrlehrer beginnen ihre berufliche Laufbahn häufig bei der Bundeswehr. Schon erscheint mir mein Schnauzbart-Mann als Feldwebel in tarngefleckter Uniform. Wenig später werfe ich ein feuchtes Papiertaschentuch auf den Teppichboden und ziehe mir die Bettdecke über die Schultern. Mein Entschluss steht fest. Ich werde mich anmelden. Gleich morgen.

Erstmalig erschienen in:
Mein schwules Auge 14 (2018), Tom of Finland Special-Ausgabe, zweisprachig: Deutsch/Englisch, Konkursbuchverlag Tübingen

Mein Freund Colt Seavers

Auch diese Nachtschicht findet ihr Ende. Im Spindraum hänge ich die Jacke in den Schrank. Die Dienstmütze schiebe ich in das Bord neben den kleinen grün-weißen 5er BMW, dessen Blaulicht mit einem viel zu dicken dicken Tropfen Uhu festgeklebt ist.

Mein Talisman.

Ich erinnere mich genau an den Tag, an dem das es abgebrochen war. Wie lange das her ist, weiß ich nicht mehr, allerdings war ich grad dabei gewesen, das große Einmaleins zu lernen. Das hatte mir ernsthafte Schwierigkeiten bereitet. Bis fünfzehn konnte ich mir die Zahlen leicht merken, aber dann. Einmalsechzehn, -siebzehn, -achtzehn. Eine schier unüberwindbare Hürde. Ich sagte grad die Zahlenkolonnen auf, als die Haustür knallte und meine Spielzeugautos in der Schublade klirrten. Aus dem schmalen Regal, auf dem die Sammlung von Polizeiautos aufgereiht war, fiel der BMW direkt vor mir auf den Schreibtisch. Das Blaulicht brach ab und kullerte auf den Fußboden.

Der Alte war mal wieder schlecht drauf. Sicher hatte er auf der Arbeit einen Anschiss kassiert. Von seinem

Chef. Auf der Suche nach dem Blaulicht kroch ich am Boden umher. Ausgerechnet mein Lieblings-BMW. Der von Oma. Ich wischte mir die Tränen aus dem Gesicht. Nein, ich wollte nicht heulen.

Mama hätte es zu gern gehört, wenn ich ihn mit ›Papa‹ angeredet hätte. Aber keine Chance, dieses Wort brachte ich nicht über die Lippen. Für mich war das der Kerl, bei dem sie und ich wohnen mussten. Auf dem Flur hörte ich ihn schimpfen. Sie rief nach mir, Abendessen. Besser ich ging gleich. Sonst regte er sich nur noch mehr auf.

Wir saßen stumm um den Esstisch. Es gab Königsberger Klopse. In der Ecke flimmerte der Fernseher. Ich konnte nicht erkennen, welches Programm lief. Sie hatten den Ton abgedreht. Mama zerdrückte mit der Gabel Kartoffeln auf meinem Teller.

»Was soll das sein?«, fragte der Alte und stocherte im Essen. Man musste auf die Ader an seiner Stirn achten. Sie pulsierte schon ein wenig.

»Königsberger Klopse.« Mama räusperte sich. Ihre Stimme klang irgendwie anders.

Die Ader war mittlerweile voll angeschwollen. Ich wusste, was jetzt folgen würde.

Der Alte warf sein Besteck auf den Tisch. Soße tropfte auf die Tischdecke. Mich hätte das eine Ohrfeige gekostet, mindestens.

»Kapern! An Königsberger Klopse gehören Kapern!« Seine Stimme überschlug sich. »Noch nie was davon gehört?«

Sie nickte. »Doch. Ich dachte, im Schrank wären noch welche. Dann war es zu spät, nochmal loszugehen.«

»Du dachtest! Du dachtest! Besser du hättest nicht gedacht, sondern nachgesehen. So kann das doch kein Mensch essen.«

»Tut mir leid«, flüsterte sie.

»Mir auch«, schrie er und warf den Teller samt Essen auf den Boden. »Scheißfraß, eine Zumutung sowas!«

Der Teller zersprang. Der Stiefvater erhob sich ruckartig, sein Stuhl kippte nach hinten.

»Lars, geh in dein Zimmer«, sagte Mama.

Seine Hand traf sie mitten ins Gesicht. Ich musste ihr doch beistehen!

»Los du kleiner Bastard, tu was deine Mutter dir sagt.«

Er wollte mir einen Tritt verpassen, doch ich konnte noch grad ausweichen.

Sicherheitshalber verbarrikadierte ich mich in meinem Zimmer und schaltete den Fernseher ein. Der war zwar ein Geschenk vom Alten, aber das störte mich nicht, denn gleich fing *Ein Colt für alle Fälle* an. Ich drückte die Zwei.

Colt Seavers war mein bester Freund. Es war so spannend, wenn er flüchtigen Angeklagten hinterher jagte, die ihre Kaution verfallen ließen. Zu gern hätte ich neben ihm in seinem Pickup-Truck gesessen. Sein Begleiter Howie Munson war ja sowieso keine wirkliche Hilfe. Den hätte ich doch mit links in die

Tasche gesteckt. Manchmal stellte ich mir vor, wie wir beide, Colt und ich, den Alten verjagten.

Ich drehte den Fernseher lauter, um den Lärm zu übertönen. Irgendwann erwischte Colt den Bösewicht und die Sendung war zu Ende.

Auch draußen war das Geschrei inzwischen abgeebbt, stattdessen hörte ich Mama und den Alten stöhnen. Ich nahm an, der Streit hätte sie so sehr erschöpft.

Dennoch ließ ich die Zimmertür geschlossen. Man konnte nie wissen.

Zu dieser Geschichte:

Protagonist Lars Brentrop hatte seinen ersten Auftritt im Roman ›Bullenbeißer‹. Dies ist eine Begebenheit aus seiner Kindheit.

Liefern auf Bestellung

Gefunden! Aus dem Gemenge von Hundekotbeuteln, zerknüllten Tempotüchern und einer leeren Flasche Discounter-Wodka fischt du den Umschlag. Flieder, putzige Farbe. Ein Schlüssel fällt heraus. Ein einfacher flacher Schüssel mit der Aufschrift Mister Minit, den du wie eine Art Fremdkörper neben dir auf die Parkbank legst.

Mag sein, er beobachtet dich von irgendwo. Doch außer einer alten Dame mit schwarzem Pudel ist niemand zu sehen. Der Umschlag wird allerdings noch nicht lange hier versteckt gewesen sein.

Anfangs hast du ihn für einen Spinner gehalten. Wie es scheint, plant er es tatsächlich, das Unvorhergesehene. Sehnt es herbei. Klar doch. Andererseits, solange du nicht weißt zu welchem Schloss dieser Schlüssel passt...

Aus deinem Smartphone erklingt die charakteristische Tonfolge einer Scruff-Nachricht. Was soll sie schon enthalten. Keinen Namen, nur eine Adresse. Straße, Hausnummer, Stockwerk, links oder rechts. Schau nicht hin. Vielleicht beobachtet er dich. Lass besser den Gleichgültigen raushängen.

Wenigstens kann er nicht sehen, dass du grad einen Steifen bekommst, einen mächtig Steifen. Krasse Vorstellung: keine unnützen Zärtlichkeiten, keine gespielte Einfühlsamkeit. Allein rücksichtsloses Verlangen. Du solltest vor dir selbst erschrecken, wenigstens ein klein wenig.

An sein Profilbild erinnerst du dich, ohne das Telefon herauszuholen. Glatze, brauner Pauli-Hoodie und üppige Bartwolle in gleicher Farbe. Vielleicht hat er für das Selfie die Hipster-Brille abgenommen. Ganz die Sorte Fickmaul, in die du gern hineinstößt. Nur dass solche Pussies immer gleich das Würgen kriegen, wenn du deinen Vorsaft mit ihrem Speichel vermischen willst.

Er ist ein paar Zentimeter größer als du, ein wenig übergewichtig und acht Jahre jünger. Vorausgesetzt, seine Angaben stimmen. Aber warum sollten sie das nicht. Das ist noch nicht das Alter, in dem man sich jünger lügt.

Lügen ist ohnehin in diesem Umfeld das falsche Wort. Auf dem Fleischmarkt der Eitelkeiten flunkert jeder ein ganz klein wenig. Du nennst es Selbstoptimierung. Verrätst im Chat auch nicht, dass du Freiberufler bist, Grafik-Designer. Auf einer nach oben offenen Schwuppenskala kommt das doch grad noch vor Frisör. Hast vorgegeben, deinen Beruf nicht nennen zu können. Aus Gründen der Diskretion. Um dann hastig hinterherzuschieben, du seist definitiv kein Polizeibeamter. Wie lästig es sei, wenn viele Kerle genau das immer wieder mutmaßen. Nur wegen deiner sportlichen Figur und des Kurzhaarschnitts. Du hast Polizeibeamter statt Bulle gesagt und ganz bewusst offiziöse Worte benutzt. Wie mutmaßen zum Beispiel. In dem Moment hatte er, eh schon ganz fickerig, längst angebissen. Gestand kleinlaut, Buchhalter zu sein.

Um dich zu beruhigen räkelst du dich in der Sonne, streckst die Beine aus und kratzt dich am Sack. Soll er doch hinter einem der Büsche hocken und glotzen.

Du steckst den Schlüssel ein. Er wird derjenige sein, der den Hals gestopft kriegt. Und du wirst den Zeitpunkt bestimmen. Sei es mitten in der Nacht oder zum Frühstück. Reinschleichen in die Wohnung und ab dafür.

Neugierig schnüffelt der schwarze Pudel an deinen New Balance. Frauchen entschuldigt sich und zieht an der Leine. Mit einem Gesicht als wüsste sie, wer an den ausgelatschten Sneaks schon alles geleckt hat.

Entspannt schlenderst du zur U-Bahn. Auf dem Bahnsteig steht ein Kerl in verdreckten Arbeits-klamotten, breitbeinig, ein Bein vorgestellt und die Hände in den Hosentaschen. Du schaust ihn an, er ignoriert dich und starrt in den Tunnel. Der wäre genau der Richtige. Vielleicht sogar fähig, dich auf die Matte zu schicken.

Einen Moment betrachtest du wehmütig seine prallen Pobacken, herausgestellt von den zweifarbigen Gesäßtaschen der Arbeitshose, dann bist du in

Gedanken schon wieder beim Schlüssel. Es käme darauf an, rasch und entschlossen zu handeln. Ihm keine Zeit zu lassen, sich zu wehren.

Der Zug läuft ein und du setzt dich so, dass du auf das breite Kreuz ein paar Sitzreihen weiter blicken kannst. Du wirst nachher mal bei Oliver anrufen. Ihr wart mal ein paar Monate zusammen und Olli ist der einzige schwule Polizeibeamte, den du kennst. Dann verwirfst du den Gedanken sogleich. Er würde dich warnen. Das Risiko... Was wenn der Kerl sich wehrt? Was, wenn der Kerl dabei verletzt wird, schwer womöglich? Ein Kampf in einer Wohnung, selbst auf einem Bett, sei nicht ohne. Das wüsstet ihr doch aus gemeinsamer Erfahrung. Und er würde in dieser aufgesetzten Art lachen, die du vom ersten Moment an nicht gemocht hast. Eine freiwillige Vergewaltigung, sowas gäb's ja gar nicht. In den Knast könnte dich so eine Nummer bringen, geradewegs.

Und während Olli seine Bedenken ausrollt würdest du daran denken, wie sehr er es selbst einst genossen hat, überwältigt zu werden. Zugegeben, manchmal war es ein leichtes Spiel gewesen, ein wenig zu leicht. Mag sein, mag alles sein. Du hattest jedenfalls deinen Spaß. Und er, der ewige Skeptiker, auch. Natürlich.

Mit dem Buchhalter im Pauli-Hoodie wird dein Schwanz auch Spaß haben. Soll er doch das Kotzen kriegen. Dir doch egal.

Der Kerl in den Arbeitsklamotten steht auf und stellt sich an die Tür. Du unterdrückst den Impuls, ihm zu folgen. Schade eigentlich, er guckt so grimmig. Kerle mit unfreundlichem Gesichtsausdruck sind einfach unwiderstehlich. Der Zug hält, er steigt aus und im Vorübergehen kreuzen sich eure Blicke. Ohne eine Miene zu verziehen zeigt er dir den Stinkefinger.

Der Zug verschwindet wieder im Tunnel. Du starrst in die Dunkelheit, versuchst Details im Tunnel zu erkennen, das Nachbargleis, fremde Zeichen an der Tunnelwand die vorbeihuschen ehe du sie deuten kannst.

Statt Olli solltest du lieber Dirk anrufen. Dirk ist schmächtig und stets korrekt in teure Anzüge gekleidet. Italienische. Alles Fassade, nichts als Fassade. Tief in seinem Herzen schlummert pure Schamlosigkeit. Daher würde er betteln, dass du ihn mitnimmst.

Einerseits keine schlechte Idee. Andererseits ist der Buchhalter dein Fang. Ein echter Räuber teilt seine Beute nicht. Auf jeden Fall hätte Dirk gleich ein perfektes Drehbuch parat: Das Überraschungs-moment ausnutzen, nicht lange fackeln, Ohrfeigen links und rechts. Einen Armhebel ansetzen, der Schmerz wird ihn schon gefügig machen, dann die Handschellen und ab geht der Peter!

An diesem Punkt unterbrächest du ihn. Fesselspiele sind nicht dein Ding, du brauchst die Gegenwehr. Männer sind Kämpfer.

Hm… Dirk würde einen Moment überlegen, um dann gleich nachzusetzen. Schlag zu und zieh dein

Ding durch. Wirf vorher was ein, das dich in den richtigen Flow bringt. Und dann bring ihn zur Strecke. Schwängere ihn, er will es doch. Mach ihm ein Kind!

Stimmt, der Buchhalter will es so. Aber du bist nicht sein Dienstleister. Da geht noch was. Noch ist er nicht mental umzingelt.

Der Zug bremst. Hier steigst du um. Wer dich aufmerksam betrachtet, wird die Beule in deiner Hose kaum übersehen. Zum Glück wartet der Anschlusszug schon auf der anderen Bahnsteigseite.

Für den Anfang könntest du in seiner Wohnung Zeichen hinterlassen. Einen Blumenstrauß aufstellen, Möbel verrücken, ein Paar alte Schuhe hinterlassen. Etwas in der Art, was ihm zunächst nicht auffällt und ihn dann, wenn er es endlich bemerkt, zutiefst verunsichert. Wozu hast du als Freiberufler alle Zeit der Welt. Er wird im Büro an seinem Schreibtisch hocken, vor lauter Nervosität jede Menge Schoko-Crossies futtern und dabei Fett ansetzen. Du brauchst nur sein Foto im Profil ansehen um zu wissen, dass er genau der Typ ist. Das klassische Opfer. Währenddessen trägst du seine Anzüge und schickst ihm Fotos davon.

Schließlich tauscht du eines Tages sein Türschloss. Nach Feierabend steht er hilflos im Treppenhaus. In diesem Moment ist er reif, gepflückt zu werden. Du reißt die Tür auf, von innen natürlich, und schon liegt er vor dir, dankbar für die Erlösung.

Der Zug taucht in einen dieser kreisrunden Tunnel, die tief im Erdreich verschwinden und nimmt Fahrt auf. Wenn es hier Zeichen an der Tunnelwand gibt, kann man sie definitiv nicht erkennen.

Erstmalig erschienen in:
Mein schwules Auge 12 (2015), Das schwule Jahrbuch der Erotik, Konkursbuchverlag Tübingen

Fünf Jahre

In einem unbeleuchteten Kiosk betrachtete Wolfgang sein Spiegelbild. Bomberjacke, Barett und das Mag-Lite am Koppel. Cool sah das aus. Und ein bisschen furchteinflößend. Hauptsache, man hatte Respekt vor ihm. Endlich mal.

Gern wäre er Polizist geworden, aber sie wollten ihn nicht. Trotz sportlicher Leistungen. Nur weil er dieser Psycho-Tante beim Auswahlgespräch nicht nach dem Mund geredet hatte. Dann mussten sie eben ohne ihn klarkommen, war vielleicht besser so.

Beim Bund hätte er bleiben können, wenigstens für ein paar Jahre. Aber er war doch nicht blöd, und ließ sich am Hindukusch erschießen. Für was auch.

Dann die Umschulung zur Sicherheitsfachkraft. Besser als nix, wenn er auch noch in der Probezeit war. Wenigstens schob man da eine ruhige Kugel. Immerhin wusste er, wie man ein Barett richtig aufsetzt. Ohne dass es aussah wie eine Tüte auf dem Kopf.

Zwei Stunden nach Mitternacht, die Endstation der U2 lag verlassen. Eigentlich sollten sie zu zweit Streife gehen. Eigentlich. Während er hier durch die

Dunkelheit schlurfte, blätterte sein Kollege Frank in einem Pornoheft. Die Beine auf den Schreibtisch gelegt und eine Hand in der Hosentasche. Der war ja überhaupt nur Schichtführer geworden, weil er vor dreißig Jahren mal ein paar Pokale gewonnen hatte. Im Boxen, Schwergewicht. Strotzte immer noch vor Selbstbewusstsein.

An der Abstellanlage warteten vier Triebwagenzüge auf den morgendlichen Einsatz. Dank der Sicherungsmaßnahmen hatte die Unsitte des Sprayens abgenommen. Dennoch blieb er wachsam. Die Schmierfinken sollten nur kommen. Prüfend griff er nach dem schweren Mag-Lite. Er würde nicht zögern, ihnen damit eins überzubraten. Das war doch sowieso die einzige Sprache, die sie verstanden. Was hatten die schon von deutschen Gerichten zu befürchten? Da lockte ein Abenteuerurlaub auf Kosten des Steuerzahlers, genannt Erziehungscamp.

Kürzlich hatten sie einen dabei geschnappt, wie er mit Filzstift seine Initialen im Zug verewigte. Frank der Feigling hatte dem Kerl Handschellen angelegt, um ihn den Bullen zu übergeben. Er selbst hätte das ganz anders geregelt.

So wie mit dem schwulen Alten im Stadtpark. Der wollte blasen und landete stattdessen im Stiefmütterchenbeet. Da lag er dann ohne Hose, mager und ausgelaugt. Selbst schuld, diese perverse Sau. Was quatscht der einen auch einfach so an, mitten in der Nacht. Auf RTL sagten sie mal, dass Täter ihre Opfer schon von weitem erkennen. Gut beobachtet. Angeblich gab es sogar Schwule denen einer abging bei der Vorstellung, vergewaltigt zu werden. So jemanden hätte er gern mal in die Finger gekriegt.

Ziemlich am Ende der Gleisanlage schien es, als befände sich noch jemand im abgestellten Zug. Leise öffnete Wolfgang die Tür. Seine Augen hatten sich längst an die Dunkelheit gewöhnt. Tatsächlich: Dort in der Ecke saß eine Person, männlich, schlafend und an einen zerknautschten Rucksack gelehnt. Ein Sprayer? Wolfgang ließ das Mag-Lite aufflammen und musterte den Verdächtigen. Schwarze Haare, südländischer Typ. Er war jung und trug nur ein T-Shirt. Ein schütterer Bart bedeckte das Gesicht.

»Aufwachen!«

Der Junge hob den Arm gegen das Licht. Reflexartig ließ Wolfgang das Mag-Lite auf den Ellenbogen niedersausen. Wenn der ihn angreifen wollte, würde er auf jeden Fall schneller sein.

»Bitte nix tun, ich Fahrschein.«

Der Junge nestelte in der Hosentasche.

»Ich brauch' den Scheiß-Fahrschein nicht. Zeig mir lieber mal deinen Ausweis!«

Weit geöffnete dunkle Augen schauten ihn an.

»Passport! Du Passport? Zeigen!« Wolfgang sah die Lider flackern. Der Kleine hatte Angst. Eine Hitzewelle durchflutete ihn.

»Ich nix Passport.«

»Das gibt's gar nicht. Leer mal den Rucksack aus.«

Der Dummkopf verstand nicht. Wolfgang griff selbst zu und schüttete den Inhalt auf den Boden. Schreiend sprang der Junge auf, angelte nach einem durch die Luft segelnden Foto und presste es an sich. Ein Fußfeger genügte, um ihn zu Fall zu bringen.

»Was hast du da? Zeig mal her!« Wolfgang entriss ihm das Foto. Darauf der Junge, ein paar andere von seiner Sorte und eine einsame Dattelpalme. Nach und nach dämmerte es ihm. Bestimmt ein illegaler Ziegenficker den er da geschnappt hatte, ohne Aufenthaltsgenehmigung. Arbeitete schwarz in irgendeinem Drecksloch von Imbiss und ist auf dem Heimweg in der U-Bahn eingeschlafen. Ein echter Fang.

Der Junge war im Begriff, sich wieder aufzurappeln.

»Du illegal?« Wolfgang drohte mit dem ausgeschalteten Mag-Lite.

»Bitte ... ich Geld ... heute ... Arbeit.«

Der Junge fummelte wieder in seiner Hosentasche herum und zog einen zerknüllten Zehn-Euro-Schein hervor.

Er schwang wieder die Taschenlampe. Der Junge sah ihn stumm an und bibberte.

»Okay. Schluss mit lustig. Zieh dich aus! Schuhe, Hose, alles!«

Die verschlissene Jeans roch nach Frittenfett und Zigaretten. Wolfgang fand kein weiteres Geld. Der Junge stand in Unterhose vor ihm und zitterte am ganzen Körper.

Sie waren allein. Frank ergötzte sich im fernen Büro an Blondinen mit dicken Möpsen. Eine solche Gelegenheit würde nie wieder kommen.

»Bitte … nein …«

Wolfgang riss kurz entschlossen am Slip, der bis auf die Knöchel rutschte. Splitternackt stand der magere Junge da. Schwarzer Flaum bedeckte Brust und Bauch. Gut so, schließlich war er kein Kinderschänder. Die gehörten zwangskastriert.

»Hey Ziegenficker, heute du Ziege.« Wolfgang bewegte den Daumen zwischen Zeige- und Mittelfinger hin und her. Bestimmt war der schon mal von seinen älteren Brüdern bestiegen worden. Frauen kriegten die ja erst nach der Hochzeit zu sehen.

Der Junge ertrug es stumm und ohne Gegenwehr. Nachdem er ihn gefickt hatte, sank Wolfgang schwer atmend auf die Sitzbank. Mit dem T-Shirt des Jungen wischte er sich die Ziegenficker-Scheiße vom Schwanz.

Er würde ihn mitnehmen. Nach Hause. Einfach so. Niemand würde ihn vermissen. Die Dattelpalme war weit entfernt. Okay, er hatte nur die winzige Wohnung. Vorsichtshalber müsste er ihn an einen Heizkörper ketten. Später reichte es vielleicht, nur die Tür zu verschließen. Katzen wurden ja auch so gehalten. Eines Tages könnte er ihn mal mit nach draußen nehmen. Zu Lidl zum Einkaufen. Der Junge bräuchte nicht mehr in diesem stinkenden Imbiss arbeiten.

Später erinnerte er sich nicht, ob er eingeschlafen war. Licht flutete den Wagen. Eine Bassstimme dröhnte.

»Wolfgang?«

Der Platz neben ihm war leer. Unter Franks linkem Stiefel lugte ein Foto hervor. Wolfgang erkannte die Dattelpalme.

Die Bullen tauchten auf. Statt nach dem Illegalen zu suchen, lochten sie ihn ein. Sauerei. Die Überwachungskameras waren eingeschaltet gewesen. Frank das Kameradenschwein hatte ihn beobachtet. Uneinsichtigkeit warf die Staatsanwältin ihm vor und der Richter verpasste ihm fünf Jahre.

Sein Zellenkumpel war vom gleichen Kaliber wie Frank. Ein Schwergewicht mit Tattoo am Hals. Wenn der sich auf ihn wälzte, blieb Wolfgang die Luft weg. Aber das konnte man überleben, schließlich hatte er auch seine Kindheit überstanden. Dagegen gingen die fünf Jahre vorbei wie nix.

Erstmalig erschienen in:
Mein schwules Auge 8 (2011), Das schwule Jahrbuch der Erotik, Konkursbuchverlag Tübingen

Jackensammlung

Dirk lädt mich am Telefon ein. »Am besten kommst du mal selbst vorbei und schaust dir die Jackensammlung in Ruhe an.«

Tags darauf stehe ich vor seiner Haustür. Ein Reihenhaus aus den Siebzigern, Gelbklinker und Flachdach. Er schiebt mich sanft die Kellertreppe hinab. Neonröhren flackern auf. Ein ganzer Raum voller Jacken!

»Vor ein paar Jahren habe ich halbzölliges Gasrohr als Kleiderstange an die Decke gedübelt. Platzmäßig sehr komfortabel. Heute krieg' ich kaum noch eine Neuerwerbung untergebracht.« Alle 97 Jacken hängen einer gewissen Ordnung folgend. Vorn die Motorradjacken. Dirk lacht. »Die unerotische Ecke. Schwarze dreiviertellange Textiljacken mit Goretex. Praktisch bei wechselhaften Wetter, wasserdicht und warm. Diese zwei blousonförmigen Varianten gehen grad noch so. Ich trage sie zu Zunfthosen. Da stimmt die Optik halbwegs und man ist nicht wie ein Stino-Biker unterwegs.«

Das leuchtet ein. Aber ich suche nach Leder, dem klassischen Material für Motorradkleidung.

Dirk hebt eine schwarze Jacke mit Aufnähern von der Stange und drückt sie mir in die Hand. Sauschwer!

»California Highway Patrol, die schwule Lederjacke schlechthin. Gegenstand unzähliger feuchter Träume. Eine ziemlich originalgetreue Ausführung. *Made in USA*, kein Billigding. Schöne Patina, weil auf dem Bike getragen. Ich weiß noch, wie ich sie gekauft habe. Damals hatte ich noch meine Moto Guzzi. Eines Abends lief im Fernsehen die Serie ›Die Straßen von San Francisco‹ mit Karl Malden und Michael Douglas. In der Folge fuhr ein Cop die gleiche Guzzi V7 California wie ich und er trug dabei so eine Jacke. Klar dass ich die auch haben musste. Wenn du jemanden findest, der die Serie auf DVD hat, dann lass es mich wissen! Nun konnten sich die Cops nicht dauerhaft mit italienischen Motorrädern anfreunden aber das unter Fans liebevoll *Cali* genannte Modell wurde unter deutschen Bikern ein beachtlicher Erfolg. Denk an Udo Lindenbergs Song *Cowboy Rocker*. Da singt Inga Rumpf mit ihrer Reibeisenstimme: *Das einzig Starke an dir ist deine Moto Guzzi, aber sonst bist du ja so ein Fuzzi!*. Erinnerst du dich? 1974!«

Klar, da war ich 16. Das Gewicht der Jacke zieht an meinen Arm und ich greife nach einer leichteren. Mit sowas war in den Achtzigern jeder Biker unterwegs: abgesteppte gepolsterte Schultern, integrierter Nierengurt und an der Brust zwei Reißverschlüsse, damit man das Ding mal mit, mal ohne Pullover tragen konnte.

»Ach, der Klassiker. Hatte ich neulich erst wieder an. Parke die Yamaha irgendwo bei einem Bikertreffpunkt und trotte zur Imbissbude auf einen Kaffee. Kommt mir ein Typ in der gleichen Jacke entgegen: gut aussehend, prolliger Kurzhaarschnitt, händchenhaltend mit einer Tusse. Und obwohl Platz genug ist, geht der Hetero so dicht an mir vorbei, dass sich unsere Schultern berühren. Was sagt man dazu?!«

Spaßeshalber ziehe ich die Jacke über. Typisch Achtziger: die überbreiten Schultern. Fast schon monströs. Klar, was der angebliche Hetero von Dirk wollte. Ich hänge das gute Stück wieder zurück. Nun wird es bunt.

Dirk erläutert: »Eigentlich mag ich keine farbigen Jacken. Hier aber kommt das Orange zum Schwarz ganz gut. Im Winter gekauft, herabgesetzt. Ist von Dainese, die sind vor allem für ihre Lederkombis bekannt. Das Kultmodell ist die *Luce*. Eine Kombi ganz in schwarz mit ein paar weißen Applikationen und Schriftzügen. Leider haben die Italiener so ihre Probleme mit der Passform bei großgewachsenen Nordeuropäern. An den Schultern brauch' ich Größe 60, frag' aber nicht, wie dann die Hose sitzt!«

An der Kombihose sind unterhalb der vorgekrümmten Knie Knieschleifer angeklettet. Ich ertaste tiefe Riefen: Dirk drückt beim Fahren das kurveninnere Knie profimäßig auf den Asphalt. Daneben hängt eine weitere Kombi: graue Jacke, schwarze Hose und schwarz-rot-goldene Abzeichen.

»Feldjägerkombi. Hab' ich bei Ebay ersteigert«, schwärmt Dirk, »war total angefixt von den originalen Einsatzfotos in der Versteigerung. Tragen die Eskortenfahrer. Allerdings gehört dann noch ein weißes Koppel dazu. Sollte die Größe wählen, hab' mich an Dainese orientiert und 60 geordert. Du hättest mich sehen sollen. Das Paket kommt per DHL, ich super aufgeregt. Ratzfatz ausgepackt und anprobiert. Die Kombi hängt wie ein riesiger Sack von den Schultern! Um sie in Größe 60 zu füllen, hätte man mindestens 150 Kilo wiegen müssen. Zum Glück konnte ich in Größe 56 tauschen.«

Neben den Kombis geht es mit Bomberjacken weiter. Die sind ja nun schwules Allgemeingut und ein hübsches Spektrum ordnet sich zwar nicht in den Regenbogenfarben aber doch in gedeckten Tönen an.

Dirk verrät mir auch gleichen seinen Geheimtipp: »Wenn Lederkombis am Oberkörper zu eng sitzen, lass ich den Reißverschluss der Kombijacke offen und zieh eine Bomberjacke drüber.«

Ich zeige auf eine dunkelblaue Bomberjacke mit Webpelzkragen und orangem Futter.

»Waren in den Siebzigern Mode. Angelehnt an die B15-Fliegerjacken der US Air Force. Damals fast so verbreitet wie heute Bomberjacken. Als 17-Jähriger hab' ich mal Rosa von Praunheim in so einer Jacke auf einem Foto gesehen. Ziemlich scharf.« Dirk lacht. »Das war um 1975 in der Satire-Zeitschrift *Pardon*. Praunheim berichtete vom schwulen Leben in den

USA. Ich las zum ersten Mal in meinem Leben was über Faustfick.« Er lacht noch lauter.

Es folgen ein paar Replikas lederner Fliegerjacken aus dem zweiten Weltkrieg. Eine davon in *Top Gun*-Optik mit zahlreichen Patches.

»Diese dunkelbraune Schott-Jacke im Stil des Modells A-2 habe ich Südfrankreich gekauft. In einer Boutique hing sie als Einzelstück an der Wand. Größe 48 stand drin. Ist 'ne US-Größe, entspricht unserer 58. Auf meine Frage nach dem Preis tippte die Verkäuferin einige Ziffern in ihren Taschenrechner. Die überschlägige Umrechnung von Franc in DM ließ mich zucken. Trotzdem die Jacke anprobiert. Saß gut. Die Verkäuferin tippte wieder, immer noch zu viel. Ich stand schon in der Tür, da fiel der Preis endlich auf ein erträgliches Maß. Ich kaufte, sparte 300 Mark und die Verkäuferin war endlich ihren Ladenhüter los. Einen Franzosen mit Konfektionsgröße 58 muss sie erst mal finden.«

Dirk wendet sich mehreren Felljacken zu. »Hier, das sind auch Weltkrieg Zwo Fliegerjacken. Aus Lammfell. Kennst du den berühmten Reisebericht von Ted Simon, *Jupiters Fahrt mit dem Motorrad um die Welt*? Ted ist in den Siebzigern von England aus mit einer Triumph um die Welt gefahren. Bekleidet mit so einer Jacke der britischen *Royal Air Force*. Die hat sich sogar in der Hitze der Sahara als praktisch erwiesen. Ich habe die Replika in Berlin gekauft. Mein Kerl hat kräftig gehandelt. Behauptete, wir hätten sonst nicht genug Bargeld für die Rückfahrt. Als der Preis endlich unten war, habe ich dann mit Karte bezahlt.« Dirk lächelt.

Wir sind bei mehreren M65-Feldjacken der US Army angelangt. Ich frage, ob alle Jacken in Dirks Sammlung einen militärischen Hintergrund haben. Er schüttelt den Kopf. Die nun folgenden Jacken seinen zwar amerikanischen Ursprungs aber nicht militärischer Herkunft: Carhartt-Arbeitsjacken, mehrere Holzfäller-jacken aus großkariertem Wollstoff, Daunenjacken von North-Face und eine Anzahl von Jeansjacken, gefüttert und ungefüttert. Dirk zieht eine beige-farbene Jeansjacke von Pepe heraus und erklärt sie wegen ihres figurbetonenden Schnitts zu einem seiner Lieblingsstücke. Ich probiere sie an, um die Behauptung im Spiegel zu überprüfen.

»So, und nun kommen wir ans Ende der Kleiderstange und zu den Highlights. Die Münchner Firma Erdmann hat Mitte der Sechziger aus dem klassischen Jeansjacken-Schnitt eine megageile Lederjacke für die Funkstreifen der Münchner Polizei abgeleitet. Es gab damals die Fernsehserie ‹Isar 12›, da trugen die Bullen diese Jacken. Beachte den Sitz! Was du hier siehst, ist ein Original, allerdings von der Hamburger Polizei, die diese Jacke übernommen hat. Sieh' hier, das Original-Etikett von Erdmann und auf dem Ärmel den Abdruck vom Abzeichen.«

Dirk dreht den Ärmel im Licht, so dass ich den Schriftzug *Polizei Hamburg* entziffern kann.

Er gerät in Fahrt. »Und dann das Futter mit Leopardenmuster. Kult! Als sie die Jacken ausmusterten, liefen auf der Piste jede Menge Kerle mit ausrangierten Bullenjacken herum. Hier vorn sind noch zwei Varianten. Eine ist richtig schwer und war eine der ersten, die von *Leder-Roth* aus Hamburg kamen. Roth hat dann aber die Form verändert. Schlanker ist sie geworden, die Ärmel länger, beides vermutlich ein Zugeständnis an veränderte Passformen, vor allem aber hat sie durchgehend Druckknöpfe und die Taschen am Bauch. Dieses Exemplar habe ich einem Wachmann abgekauft. Der hatte die zu langen Ärmel unten umgekrempelt, man sieht noch die Falten. Last but not least noch eine aktuelle Lederjacke der Berliner Polizei in ähnlichem Stil. Sind leider weit geschnitten, damit sie ihre Schutzwesten drunter kriegen.«

Das Ende der Besichtigung naht. Die Fetischfrage ist noch offen. Leder, Uniformen, wo ist da für Dirk der Kick?

Ich ernte einen mitleidigen Gesichtsausdruck. »War ja klar, dass du danach fragst. Hast du irgendwelche einschlägigen Accessoires gesehen? Harnische, Chaps, Handschellen oder dergleichen? Nein? Siehst du! Es geht um das Gefühl, wenn du die Jacke trägst. Wie sie deine Schultern betont, dich breit erscheinen lässt und dich zum Mann macht.«

Aha.

Und inwiefern hat das jetzt was mit Sex zu tun?

72

Dirk grinst von einem Ohr zum anderen. »Auf keinen Fall sollte man die Jacke dabei ausziehen!«

Erstmalig erschienen in:
Mein schwules Auge 7 (2010), Das schwule Jahrbuch der Erotik, Konkursbuchverlag Tübingen

Bärensommer - Director's Cut

Am Freitag legten sie ein ungewohntes Tempo vor, um rechtzeitig zur Mittagspause fertig zu werden. Die erste Woche auf der Großbaustelle am Elbdeich neigte sich ihrem Ende zu. Und dann gab es überhaupt keine Mittagspause, stattdessen machten sie Feierabend. Maik fuhr den Radlader zurück zum Lagerplatz, Bastian stapfte zu Fuß hinterher. Als er bei den Wohnwagen ankam, saß Maik schon im Auto und rief ihm einen kurzen Gruß zu. Dann war da nur noch eine Staubwolke.

Bastian ging noch auf einen Kontrollgang zum Lagerplatz. Dort verriegelte Wilfried grad den Gerätecontainer.

»Du bist ja noch da?! Hat der Herr Student am Wochenende nichts vor? Lernen für die Uni? Keine Freundin, die in Hamburg auf dich wartet?«

Bastian schluckte. Er hatte immer diesen verdammten Frosch im Hals, wenn er seinem Vorarbeiter gegenüberstand. Wilfried sah aus wie immer, mit seiner erdfarbenen Zunfthose und dem Trägerunterhemd, Schultern und gefurchte Stirn glänzend von Schweiß.

Bastian ignorierte die Frage nach einer Freundin. »Will hier mal mit dem Motorad 'n büschen querfeldein crossen. Wo ich schon da bin.«

Wilfried lachte, wünschte ihm viel Spaß dabei und nebeneinander gingen sie die paar Schritte zu den Wohnwagen. Bastian überlegte die ganze Zeit, was er noch sagen konnte. Irgendeinen coolen Spruch. Etwas Freundliches. Ein Kompliment? Nein, keine Komplimente. Lieber was Entspanntes. Ihm fiel nichts ein. Wilfried stieg in seinen Kombi und fuhr davon. Zum Abschied winkte er aus dem offenen Seitenfenster.

In der Ferne ein leises Grollen. Donner? Bastian sah sich um. In Richtung Westen verdunkelte sich der Himmel. Klar, dass das Wochenende erst einmal mit einem Sommergewitter eingeläutet wurde.

Fette Regentropfen klatschten auf das ausgedorrte Gras und fingen den umherfliegenden Staub ein. Bastian hatte sich in den Wohnwagen gerettet und schaute zum Fenster hinaus. Sein Blick fiel auf den Nachbarwagen, in dem Wilfried wohnte. Die Dachluke stand noch weit auf. Anscheinend hatte Wilfried vergessen, sie zu schließen. Er musste etwas unternehmen, sonst würde das Unwetter Wilfrieds mobiles Zuhause überschwemmen.

Klar, der Schnauzbart! Bastian schlüpfte in seine Motorradjacke und hastete hinüber. Sie saßen zu dritt und spielten Karten. Der Schnauzbart lud ihn ein, mitzuspielen. Bastian erklärte die Sache mit der offenen Dachluke und bekam ohne Zögern den Zweitschlüssel in die Hand gedrückt.

Das war Rettung in letzter Minute. In Wilfrieds Wohnanhänger tropfte es schon auf den Teppichboden. Bastian zog die Dachluke zu. Draußen ging ein wahres Unwetter nieder. Am besten wartete er den Guss hier ab.

Wie ordentlich es hier war! Eine Schlafecke im Bug des Anhängers, eine Sitzecke im Heck. Die Kissen säuberlich aufgestellt und in der Mitte geknickt. So machte Mama das auch immer. Eine Bärenhöhle hatte er sich irgendwie anders vorgestellt. Bastian setzte sich auf die Kante der Sitzbank.

An der Tür standen Wilfrieds Arbeitsstiefel. Die Fußbetteinlagen waren herausgenommen und zum Trocknen neben die Stiefel gelegt worden. In seiner Hose kribbelte der Schwanz. Eine solche Gelegenheit würde kaum wiederkommen. Er griff nach den Stiefeln und schnüffelte. Der Bär hatte eine nicht unangenehme Geruchsmarke hinterlassen. Noch einmal steckte er die Nase tief in das fremde Schuhwerk und sog das Aroma in die Nase. Was, wenn er jetzt auf diese Stiefel wichste und sie hinterher sauber leckte?

Bastian schaute nach der Schuhgröße. 45 las er, die müssten doch passen! Schnell die eigenen Stiefel ausgezogen, die Einlagen zurück in Wilfrieds Arbeitstreter geschoben und hinein. Er bewegte die Zehen. Vielleicht eine Spur zu weit. Er ging ein paar

Schritte auf und ab, soweit dies im engen Wohnwagen überhaupt möglich war. Geiler konnte es kaum kommen. Er wandelte in den Fußstapfen eines waschechten Bären, in der Hose reagierte sein Schwanz und presste mächtig gegen den Reißverschluss. Bastian rieb die Beule, der Regen prasselte auf den Wohnwagen.

Halt! Wo die Arbeitstreter standen, konnte die Zunfthose nicht weit sein. Das wäre der Kick schlechthin. Wenn Wilfried sie bloß nicht mit nach Hause genommen hatte. Bestimmt wartete dort eine brave Alte, die ihm am Wochenende die Sachen wusch. In den Pausen, wenn er sie grad mal nicht vögelte.

Auf der Suche nach der Zunfthose öffnete Bastian die einzige größere Schranktür. Dahinter hing eine grellgelbe Warnschutzjacke mit schwarzem Teddy-futter. Bastian steckte die Nase in den Flausch. Auch darin die Duftmarke. Er schnüffelte bis zu den Achseln und genoss den erwarteten Kick. Hastig zog er die Jacke über, ließ sich auf die Schlaffläche sinken und befreite den Schwanz. Es ging nicht mehr anders.

Er zog die Vorhaut zurück, bis es fast schmerzte. Jetzt nur nicht wichsen. Dem Spaß kein frühes Ende bereiten. Seine Hand schaukelte die Eier. Der Schwanz zuckte ungeduldig. Immer noch trommelten die Regentropfen.

Die weite Jacke ließ sich bequem über das Gesicht ziehen. Er legte von außen ein Kissen drauf. Das

Atmen fiel schwerer, er zog pures Bärenaroma. Einen Moment nur dieses einzigartige Gefühl genießen. Als läge er in seinen Armen. Schade nur, dass es hier drinnen so heiß war. Er lüftete das Gesicht, schnappte nach Luft und hängte die Jacke wieder zurück.

Wo war bloß die Zunfthose? Bastian war fest entschlossen, Wilfrieds Hose anzuziehen. Jetzt oder nie. Eine solche Gelegenheit käme nie wieder. Den Rest seines Lebens nicht. Wilfried rollte auf der Autobahn in Richtung Westen und der Pole würde sich bei diesem Unwetter niemals aus seinem Unterschlupf wagen. Er suchte weiter. Bei der Abfahrt hatte er sie jedenfalls nicht angehabt. Das wusste Bastian genau, denn ihm war die kurze tarngemusterte Cargohose aufgefallen, die Wilfried getragen hatte als er ins Auto stieg.

Hastig öffnete er alle möglichen Fächer. Davon gab es in einem Wohnwagen viele. Allein die Stauräume rund um Schlaf- und Sitzecke! Oberhalb der Sitzecke war ein Fach vollkommen mit DVDs gefüllt. Er beschloss, sich später eine für den Abend auszusuchen und sie dann am nächsten Morgen zurückzubringen. Im Grund konnte er auch die Arbeitstreter so lange anbehalten. Das würde eine geile Nacht werden. Wenn der Schnauzbart nicht wäre, könnte er sogar in Wilfrieds Wagen übernachten.

Schließlich zog er die gesuchte Zunfthose aus einem Fach in Fußbodenhöhe hervor. Er legte sie über das Polster der Sitzecke und strich mit der Hand über den

Manchester-Cord. Mit der gleichen Hand packte er anschließend den Schwanz und hielt ihn ganz fest.

Bloß nicht wichsen!

Bastian drückte sein Gesicht auf die Reißverschlussklappe. In seiner Hand pochte es, während er sich den Gerüchen hingab.

Teer, Diesel, Pisse.

Kurz: Mann. Mann? Kerl!

Der Regen prasselte unablässig. Seine Zunge tastete über den Cord hinweg zu den Reißverschlüssen, leckte daran und spielte mit einem der Zipper. Daran hatten vorhin noch Wilfrieds Finger gezogen. Bastian saugte noch intensiver am Zipper. Es war nicht länger auszuhalten. Eine Sturmbö rüttelte am Wohnwagen. Ein paar Handbewegungen genügten und seine Ladung verteilte sich auf der fremden Hose.

Bastian ließ sich auf den Boden sinken. Er keuchte. Okay, es war kein richtiger Sex gewesen. Aber es war die geilste Nummer, die er je gehabt hatte. Und vermutlich je haben würde.

Er atmete tief durch und begann, die Tropfen vom Cord der Zunfthose zu lecken. Der vertraute Geschmack, gewürzt mit Staub aus dem Straßenbau. Wie gut, dass Flecken sich so leicht aus Cord entfernen lassen.

Bastian schlüpfte wieder in seine eigenen Schuhe und arrangierte die fremden Stiefel so, wie er sie vorgefunden hatte. Auch die Hose schob er schweren Herzens wieder in ihr Fach in Fußbodenhöhe.

Wenigstens eine DVD konnte er sich ausleihen. Das war unverfänglich. Mit dieser Begründung würde er den Schlüssel erst morgen zum Schnauzbart zurückbringen. Eine wirklich gute Ausrede. Mit Glück konnte er morgen ein zweites Mal wichsen. Vielleicht würde er dann die Bärenhose anziehen. Genau, so würde er es machen!

In welchem Fach waren die DVDs gewesen? Bastian öffnete nacheinander die Klappen über der Sitzecke. Da! Er holte eine Hülle nach der anderen heraus. Stapelte sie auf dem Tisch, um dann in Ruhe auszusuchen. Da waren Actionfilme, jede Menge van Damme. Und eine ganze Staffel King of Queens. Er lächelte, die Staffel wäre Stoff genug, die Nacht durchzumachen. Dann zog er von ganz hinten noch einen Stapel weiterer DVDs hervor. Die Titelmotive waren ihm so vertraut, dass er erst beim zweiten Hinsehen begriff. Er las Titel wie Big Muscle Bears, Construction Wrestlers und Leather Bears for Play.

Bastian ließ sich auf der Sitzbank nieder und sortierte seine Gedanken. Von einem Moment zum anderen hatte sich die Situation grundlegend verändert. Wilfried war schwul? Kaum zu glauben aber umso besser. Er würde ihn einfach anbaggern und gut. Das wäre ja gelacht! Wenn er nur in seiner Gegenwart ein Wort herausbrächte. Wieso war er nur mit einem Mal so schüchtern? Er war doch sonst nicht so.

Man musste die Angelegenheit mal ganz nüchtern betrachten. Sicherlich lebte Wilfried ungeoutet, besaß nur ein paar Videos, fern von der Ehefrau und gut versteckt im Wohnwagen auf der Baustelle. Je länger er nachdachte, desto plausibler kam ihm diese Hypothese vor. Der Bär, den er anhimmelte, zog sich heimlich ein paar Pornos rein und gab zu Hause den braven Familienvater. Wie Bastian die Sache auch drehte, er hatte keine Wahl. Er selbst musste den ersten Schritt tun. Der Bär war zweifellos scheu und würde das niemals wagen.

Erstmalig erschienen in:
Mein schwules Auge 9 (2012), Das schwule Jahrbuch der Erotik, Konkursbuchverlag Tübingen

Zu dieser Geschichte:
Protagonist Bastian hatte seinen ersten Auftritt im Roman ›Bärensommer‹. Hier ist die gleiche Szene im Vergleich zum Roman ein wenig verschärft.

Schmutzige Geheimnisse

An der Wand mit der eingegrauten Glasfasertapete hing einer dieser dreigeteilten Kalender mit dem aktuellen Monat in der Mitte, darüber die vergangenen, darunter die kommenden vier Wochen. Wenn man ihn berührte, blitzte die darunter hell gebliebene Wandfläche hervor. Hauke rückte den roten Schieber einen Tag weiter. Anschließend streifte sein Blick den Bilderrahmen auf dem Schreibtisch. Birgitt und die beiden Jungs, Dänemark 2012. Er seuzte und machte sich an die Arbeit. Wie jeden Morgen seit er in der Firma angefangen hatte. Das war fünf Jahre und sieben Monate her.

Pling! Die erste E-Mail des Tages war eingegangen.

Pling! Schon wieder. Kein Wunder, sie hatten drei Stellenausschreibungen im Internet.

Der rechte Arm schmerzte und Hauke erhob sich wieder aus dem Bürostuhl. Die Schultern rollen, so hatte es ihm die Physiotherapeutin beigebracht. Er verharrte und sah zum Fenster hinaus. Immer wieder mal den Blick in die Ferne schweifen lassen; Augen und Körper entspannen.

Pling! Die Leertaste der Tastatur glänzte von den vielen Anschlägen.

Pling! Noch immer mochte er sich nicht dazu durchringen, wieder am Schreibtisch Platz zu nehmen.

Von draußen war ein andauerndes, auf- und abschwellendes Sirren zu hören, als säße dort ein riesiges Insekt. Eine Grille die mit unablässigem Zirpen Artgenossen anlockt. Unten standen Fahrzeuge aufgereiht, nichts bewegte sich. Wie sollte es am frühen Nachmittag anders sein. In den nächsten zwei Stunden würde sich an diesem Zustand nichts ändern. Die Wagendächer glänzten in der Sonne. Woher kam nur dieses Sirren?

Das Telefon läutete und er hob den Hörer ans Ohr. Der Anrufer meldete sich mit Unternehmensberatung. Die Stimme klang nach Verkäufer. Schon der Unterton, professionell und geschult. Einem ersten Impuls folgend, hätte er am liebsten gleich wieder aufgelegt. Doch als Personaler konnte er am Telefon ebenso professionell wie der ungebetene Anrufer reagieren. Aus reiner Höflichkeit ließ er den Mann einen Moment weiterreden. Locker hielt er den Hörer in der Hand, während freundliche Worte in sein Ohr perlten.

Auf der Verkehrsinsel vor der Einfahrt wucherte das Gras kniehoch. Mitten drin bemühte sich ein groß gewachsener Mensch in grüner Latzhose, dem Wildwuchs mit einer Motorsense Herr zu werden. Na also, damit war die Geräuschquelle lokalisiert. Hauke stützte sich mit der linken Hand auf die Fensterbank. Arbeitenden Kerlen zuzuschauen hatte seine eigene Ästhetik. Ebenso wie das schweißnasse graue T-Shirt, unter dem die Brust deutliche Konturen zeichnete. Azurblau schimmerten die Arme. Hauke kniff die Augen zusammen. Nein, er täuschte sich nicht. Diese Unterarme waren von Tattoos bedeckt, nur ab und an leuchtete naturbelassene Haut unter den Ärmeln hervor. Gelassen und ohne jede Hast schwenkte der Latzhosenmann das Gerät und stellten die erwünschte Ordnung wieder her. Die Halme hatten ihm nichts entgegenzusetzen. Das Sirren schwoll im Takt auf und ab.

Der Anrufer sprach mit fester Stimme. »Haben Sie einmal darüber nachgedacht, Ihrem Leben eine andere Richtung zu geben?« Danach legte er eine Kunstpause ein.

Hauke glaubte, sich verhört zu haben und drückte den Hörer fester an sein Ohr. Wovon redete der? Er schaute sich rasch um. Susanne saß noch für mindestens zwanzig Minuten im Meeting, er war vollkommen ungestört.

»Eine Herausforderung in einem anderen Unternehmen anzunehmen?«

Der leichthin aber mit Bedacht ausgesprochene Satz erzielte die gewünschte Wirkung und durchbrach die Mauer routinemäßiger Ablehnung. Schon bereute er, dem Mann nicht gleich richtig zugehört zu haben. Wie hatte der sich vorgestellt? Eine Unternehmensberatung? Er schaute auf das Display. 069, Frankfurter Vorwahl. Mit der freien Hand griff er nach einem Kugelschreiber und notierte nebenbei die Nummer. Was sollte er nur antworten? Sein Mund fühlte sich ganz trocken an.

»Warum nicht.« Hauke räusperte sich.

Natürlich hatte er darüber nachgedacht, den Job zu wechseln. Wenn er sich aml wieder über den Vorgesetzten geärgert hatte. Der neue Ideen abblockte, wenn sie nicht von ihm selbst waren. Der nicht wahrnahm, wie der Arbeitsmarkt sich grad änderte. Klar wollte er das Unternehmen wechseln, sofort. Dummerweise brachte er kein vernünftiges Wort heraus.

»Sind Sie noch dran? Können Sie frei sprechen?«

Hauke schaute auf den leeren Schreibtisch gegenüber. Er kam sich vor wie jemand, der die Ehefrau mit ihrer besten Freundin betrügt. Natürlich, die Entwicklungsingenieure bekamen regelmäßig Anrufe dieser Art. Aber Personalreferenten ohne Leitungsfunktion? Draußen leistete der Landschaftsgärtner ganze Arbeit. Eine Wolke abgeschnittener Halme fegte über die Fahrbahn und wurde von vorüberfahrenden Autos in alle Richtungen verteilt.

»Ein Wechsel des Unternehmens kommt für Sie also grundsätzlich in Frage?«

»Das kommt ganz auf die Bedingungen an.« Er bemühte sich um einen eher desinteressierten Tonfall.

»Darf ich fragen, wie alt Sie sind?«

Fünfunddreißig, antwortete Hauke wahrheitsgemäß. Ohne danach gefragt worden zu sein, erwähnte er noch Ehefrau sowie die beiden Söhne, vier und sieben Jahre alt.

»Können Sie sich vorstellen, Führungsverantwortung zu übernehmen?«

»Auf jeden Fall.« In seinem Alter wurde es langsam Zeit. Jeder Personaler wusste das.

Sie hätten da eine reizvolle Aufgabe als Leiter Human Resources, sprach der Anrufer. Eine neu geschaffene Position in einem stark wachsenden Familienunternehmen, allerdings abseits der Ballungsräume. In der Provinz sozusagen. Die Leute dort seien ein eigener Menschenschlag. Manchmal ein wenig zugeknöpft und eigensinnig. Doch wenn's drauf ankäme, könnten die richtig zupacken.

»Kein Problem, ich bin Dithmarscher«, antwortete Hauke.

»Das passt gut. Die zu besetzende Stelle liegt auch im Osten.«

Hauke biss sich auf die Unterlippe. Wie sollte ein Headhunter aus Frankfurt am Main wissen, wo Dithmarschen liegt. Nördlich von Hamburg kannte der höchstens noch Westerland oder Kampen.

»In Mecklenburg-Vorpommern. Holzbau, 160 Mitarbeiter.«

»Oh, unsere Familie betreibt seit 91 Jahren eine Zimmerei in Wesselburen.«

»Sehen Sie, daher mein Anruf.« Der Headhunter räusperte sich. Die Situation sei nicht leicht für das Unternehmen, weil seit Jahren die Leute abwandern. Da bräuchte man jemand, der auf Augenhöhe mit den Mitarbeitern spricht und nicht den Großstädter heraushängen lässt. »Trauen Sie sich das zu?«

Klar traute Hauke sich das zu. Rasch diktierte er Handynummer und E-Mail-Adresse. Sie vereinbarten, die Sache nach Feierabend ausführlich zu besprechen.

Er legte den Hörer auf und ließ sich wieder in den Bürostuhl fallen. Irgendwie fühlte er sich gleichermaßen erschöpft und aufgekratzt. Er atmete tief durch und spähte nach dem Landschaftsgärtner. Ein Lastwagen verdeckte die Sicht. Nur noch das Sirren drang durch die Scheibe.

»Kaum lässt man dich mal aus den Augen, wird hier nicht mehr gearbeitet.« Susanne ließ die Tür hinter sich offen stehen und legte einen Stapel Bewerbungsmappen auf den Tisch. »Ein Bild für die Götter, wie du da sitzt und verträumt zum Fenster hinaus starrst. Gibt's da überhaupt was zu gucken?«

Hauke erschrak und drehte sich zu ihr um. Schade, er hätte den Mann gern noch eine Weile beobachtet.

»Außerdem siehst du ganz schrecklich niedlich aus, wenn du so schuldbewusst guckst.«

Hauke fragte sich, ob sie etwas von seinem Telefonat mitbekommen hatte, vielleicht durch die geschlossene Tür. Das konnte aber eigentlich kaum sein. Er fand nichts Falsches in ihrem Blick.

Susanne kicherte in sich hinein. »Ja, schuldbewusst. So wie ein kleiner Junge, der heimlich von den Gummibären genascht hat.« Sie tippte rasch ihr Passwort in die Tastatur und schlug dann entschlossen auf die Return-Taste.

Hauke zwang sich ein Lächeln ab. Mochte sein, Susanne hatte genau wie er nach dem Landschaftsgärtner geschielt. Das war ja schließlich nicht verboten.

»Schon okay! Doch Ausgefressen hast du was.« Sie hob drohend den Finger und lachte dabei. »Aber was geht mich das an. Und mit deiner Familie hat's bestimmt nichts zu tun. Du bist sowieso der einzige von den Kerlen hier, dem sie wirklich was bedeutet. Apropos, ich habe die CD für deine Frau mit, nach der du gefragt hast. Aber verrate niemandem, dass ich *Take That* höre, versprich es mir. Das muss unser kleines schmutziges Geheimnis bleiben.«

»Ich werde schweigen wie ein Grab.« Hauke zwinkerte ihr zu. Anscheinend hatte sie den Kerl mit der Motorsense tatsächlich nicht bemerkt. Demnach teilten sie kein wirklich schmutziges Geheimnis.

Die Disc ließ er in Rucksack gleiten, der wie immer in der unteren Schublade des Rollcontainers lag. Die gelbe Haftnotiz mit der Frankfurter Telefonnummer schob er unauffällig hinterher. Sie war sein Ticket für den Neustart.

Zu dieser Geschichte:

Protagonist Hauke Boie hatte seinen ersten Auftritt im Roman ›Sprachlos‹. Ursprünglich als Prolog verfasst, fand der Text zum Leidwesen des Autors nicht seinen Weg in den Roman.

Treptowsee

Stockrosen wiegten sich im Sommerwind und stützten sich gegenseitig. Heimatträume in Karmin und Rosé. Sie blühen immer erst im zweiten Sommer, hatte Mama ihm als Junge einst erklärt.

Toralf parkte den Golf in der Einfahrt. Er sollte wirklich öfter vorbeischauen. Bei seinem letzten Besuch hatten im Vorgarten noch die Narzissen geleuchtet.

Die Mutter erwartete ihn in der geöffneten Küchentür. Wie selbstverständlich drückte er sie kurz zur Begrüßung. So, als käme er wie jeden Abend von der Arbeit nach Hause. Und nicht alle Vierteljahr, wenn überhaupt. Er trug die Sporttasche hinauf ins Obergeschoss.

Sein Bett war frisch bezogen und die Fenster zum Lüften gekippt. Er nahm die beiden Kurzhanteln, machte ein paar Hammercurls und betrachtete sich dabei im Spiegel. Als Halbwüchsiger hatte er den Muskelzuwachs kaum abwarten können. Was möglich war, hatte er über die Jahre durch regelmäßiges Training erreicht. Nur die Ohren segelten unverändert im Wind.

Hier in Kleinow hatte er die Dachfenster während der Lehrzeit noch allein eingebaut. Zu Hause in Hamburg hatten sie das gemeinsam erledigt, Manfred und er. Für einen Moment unterbrach er die Curls. Zu Hause in Hamburg. Schon der Gedanke schmeckte nach Verrat.

Das Bett unter den Dachfenstern war jahrelang sein Lieblingsplatz gewesen. Ein wunderbarer Ort um in die Baumkronen zu schauen und sich Tagträumen hinzugeben. Wo der Buntspecht hämmerte und mit dem roten Schwanz wippte.

Toralf warf sich auf die Matratze. In Hamburg sahen sie in die Weite des Himmels. Riesige Flieger zogen dort ihre Kreise und schafften Bauteile ins ferne Frankreich.

Er griff zum Telefon. »Moin Manni, ich bin eingetrudelt.«

»Und, schon irgendwelche Sichtungen aus alten Zeiten?«

Toralf lachte. »In Parchim an der Tankstelle: Ronny mit Frau und zwei Gören. Ist noch dicker geworden.«

»Ich hab's gesagt. Zerstör deine Jugendträume nicht und meide Klassentreffen!«

Aus der Ferne rief die Mutter: »Isst du ein Stück Kuchen mit? Stachelbeeren!»

Toralf drückte die rote Taste und ging hinunter. Sie goss grad Kaffee in die Tassen mit dem grellbunten Siebziger-Jahre-Muster.

»Warum hast du Manfred nicht mitgebracht?«

Toralf machte eine abwehrende Handbewegung. »Der drückt sich. Und ganz ehrlich, meine Begeisterung hält sich auch in Grenzen.«

»Marco würde sich freuen, wenn du ihm mal Guten Tag sagst. Der ist so ein feiner Junge. Wie er sich um seine Mutter kümmert! Wusstest du, dass Erika Lungenkrebs hat?«

Toralf schüttelte den Kopf und nahm sich ein zweites Stück Stachelbeerkuchen. Natürlich war er nicht auf dem neuesten Stand, was das aktuelle Geschehen im Dorf anging. Die Krankheiten der Nachbarinnen waren ihm auch herzlich egal. Plötzlich verspürte er das unbändige Verlangen, die Küche zu verlassen. Auf der Stelle.

»Weißt du was? Ich geh mal rüber zu ihm auf'n Bier. Du musst nicht warten, wir sehen uns ja morgen.«

Verena strahlte ihn vom Tresen an. Toralf bestellte ein Pils. Marco hockte zusammengesunken am gewohnten Tisch. Sie gaben sich die Hand.

»Na alter Schwede, hältst du hier die Stellung?«

Marco zog geräuschvoll die Luft durch die Nase, wie er es immer zu tun pflegte. »Mach dich nur lustig. Als du ab nach Hamburg bist, haben sich auch die anderen nach und nach verkrümelt. Selbst zum Tuningtreffen kommt keiner mehr mit.«

Toralf seufzte. Marco war irgendwie zu bedauern. Vor beinahe zehn Jahren hatten Marco und Manfred sich hier in dieser Kneipe eine Schlägerei geliefert. Mit peinlichem Ausgang für Marco. Niedergestreckt von einem Typ aus der Großstadt. Der sah zwar nicht wie eine Tunte aus, war aber trotzdem vom anderen Ufer. Ganz Kleinow hatte das gewusst und über Marco gelacht. Am Ende ertrug er es mit Gelassenheit, wie alle Wendungen des Schicksals.

»Verena macht demnächst auch dicht. Kommt ja kaum noch jemand. Zum Monatsende ist es soweit.« Marco nahm einen Schluck und verschanzte sich wieder hinter dem Bierkrug.

In diesem Moment summte Toralfs Handy. Die Nummer auf dem Display kannte er nicht.

»Toralf? Hier ist Regine. Erinnerst du dich?«

Klar erinnerte er sich. Zungenkuss am Treptowsee, 1988. »Hallo Regine!« Toralf zwinkerte Marco zu.

»Deine Mutter hat mir die Nummer gegeben. Ich bin nämlich heute schon angereist. Hättest vielleicht Lust … also ich bin hier allein und dachte, ich lade dich zum Essen ein …«

Toralf war baff. Aber warum eigentlich nicht. Besser, als hier mit Marco herumzuhocken und sich zuzuschädeln. Er stutzte, als er hörte, wo Regine wohnte oder besser, residierte: Schlosshotel Grünstorf. Er kannte die Anlage vom Vorüberfahren und gab zu bedenken, er sei für die Örtlichkeit nicht angemessen gekleidet.

Regine lachte und sagte: »Lass mich das mal regeln. Wir treffen uns in einer Stunde?«

»Also gut, überredet.« Toralf steckte das Handy ein.

Er wandte sich wieder Marco zu. »Kannst du dich noch an Regine erinnern?«

»Wegen der ich dir die Schwalbe geliehen habe, damit du sie am Treptowsee pimpern konntest?« Marco grinste und leckte sich die Lippen. »Die ist doch nach Wiesbaden. Na ja, dir sind die Weiber eben schon immer hinterhergelaufen. Bist ja auch eher der athletische Typ. Allerdings dachte ich, du machst dir nichts mehr aus Frauen. Egal. Unsereiner muss eben sehen, wo er bleibt.«

»Kommst du morgen auch?«

»Was soll ich da? Ich hab doch schon längst auf dem Bau gestanden, da hast du noch in der großen Pause mit Regine geschäkert. Nein, ich fahr meine Mutter besuchen. Rostock, Uni-Klinik.«

Toralf reichte ihm die Hand. »Grüß sie mal von mir.« Nach Marcos beruflicher Situation fragte er nicht, er ahnte die Antwort. Marcos Mutter Gute Besserung ausrichten zu lassen, wäre ebenso geschmacklos gewesen.

Vor dem Schlosshotel parkte er seinen Golf neben einem Volvo mit Wiesbadener Kennzeichen. Ein Cabrio, nicht schlecht. Gegenüber stieg ein Pärchen gerade in einen Mercedes. Sie musterten ihn ganz unverhohlen. Toralf folgte einem Kiesweg und stieg die Freitreppe hinauf.

Hinter der schlichten Glastür erwartete ihn schon ein Mitarbeiter.

»Guten Abend, der Herr. Haben Sie vorbestellt?«

»Vorbestellt?« Er schüttelte den Kopf. »Ich bin verabredet.« In diesem Moment fiel ihm ein, dass er sich nicht an Regines Nachnamen erinnern konnte. Falls sie überhaupt noch ihren Mädchennamen trug. Hilfesuchend sah er sich unter den wenigen Gästen um.

Eine Dame im Hosenanzug schaute auf. »Toralf?!« Sie erhob sich und machte eine bestimmende Geste in die Richtung des Angestellten. »Ist schon okay, der Herr gehört zu mir.« Dann traf ihr Blick wieder Toralf. »Mensch hast du dich verändert. Nimm Platz!«

Er setzte sich zu ihr. »Das Kompliment gebe ich gern zurück. Dein Auftritt hier in diesem Edelschuppen, ich bin beeindruckt.«

Sie lächelte und die einreihige Perlenkette um ihren Hals straffte sich. »Einen Dorfgasthof muss ich mir wirklich nicht mehr antun.«

Diese Frau hatte äußerlich wenig mit der Regine vom Treptowsee gemein. Sie trug damals Levis-Jeans und Häkeltop. Nur die dunkelblonden Locken bedeckten nach wie vor ihren Nacken. Toralf fragte sich, ob sie schon immer so groß gewesen war. Es konnte auch an den Schuhen liegen. In Hamburg auf der Straße hätte er sie nicht wiedererkannt. Diesen überlegenen Auftritt allerdings, den hatte sie schon zu Schulzeiten drauf gehabt.

Sie strich eine Haarsträhne aus der Stirn. »Du siehst unglaublich aus. Ich meine, diesen Sportfimmel hattest du ja schon immer. Aber nun ... In einem Alter wo die anderen Kerle so langsam abschlaffen ... Wow!« Regine hatte den Tonfall von jemandem angenommen, der gewohnt war, den Wert von etwas zu erkennen und zu benennen. »Als du sagtest, du seist nicht angemessen gekleidet, hab ich nicht an ein hautenges Poloshirt gedacht, unter dem sich jeder einzelne Muskel abzeichnet.« Sie verdrehte die Augen als sei ihr schwindlig.

»Soll ich wieder gehen?«

»Unsinn! Ich werde nie wieder mit so einem Kerl an einem Tisch sitzen. Jedenfalls nicht in Wiesbaden. Es sei denn, ich lasse mich das 500 Euro den Abend kosten, nur für die Begleitung.«

Er versuchte, sich den Geschmack ihrer Zunge zu vergegenwärtigen. Irgendwie war der metallisch gewesen.

Die Bedienung kam und Regine bestellte Bruschetta mit Tomaten als Vorspeise. Toralf bezweifelte, ob er in diesem Laden überhaupt satt würde und bestellte vorsichtshalber ein Carpaccio vorweg. Für den Hauptgang wählten sie frischen Saibling in Pergamentpapier.

»Darf ich Ihnen dazu einen 2009er Morstein Riesling Großes Gewächs aus Rheinhessen empfehlen?«

»Sicher«, strahlte Regine, »den nehmen wir.«

»Ich hätte gern ein stilles Mineralwasser«, sagte Toralf.

Für einen Moment schauten sie sich an.

Regine faltete die Serviette auseinander. »Du bist all die Jahre hiergeblieben?«

Er lächelte. Das klang mehr nach einer Feststellung als nach einer Frage. Und enthielt es nicht auch eine versteckte Wertung? Jetzt also ging das Spiel los: Mein Job, mein Auto, mein Haus.

»Lass mich raten«, fuhr sie fort, »deine Frau ist blond, trägt hohe Schuhe und das zweite Kind ist unterwegs!«

Toralf lachte und schüttelte den Kopf. »Dreimal falsch. Nein, ich bin nicht hiergeblieben. Ich bin zwar verheiratet, aber nicht mit einer Frau und Kinder haben wir demzufolge auch nicht.«

Sie sah ihn verständnislos an. Er hatte sie aus dem Konzept gebracht. Prima, war sie also doch nicht ganz so zackig wie sie auftrat. Am besten brachte er es gleich hinter sich. Sie wollte alles über seinen beruflichen und beziehungsmäßigen Status wissen? Aber gerne! Für einen Moment hielt er noch inne, weil die Vorspeisen kamen.

»Gleich nach dem Abi habe ich Dachdecker gelernt. Vielleicht erinnerst du dich. Ein paar Jahre bin ich als Geselle hier in der Gegend gewesen. Dann nach Hamburg, studieren. Gewerbelehrer. Seit einem Jahr unterrichte ich an einer Berufsschule.«

Ihr Mund stand ein klein wenig offen. Der Lipgloss schimmerte.

Unbeeindruckt fuhr er fort. »Verheiratet bin ich auch. Er heißt Manfred und ist wie ich gelernter

97

Dachdecker.« Er träufelte Zitronensaft über das rohe Fleisch. »So, und jetzt bist du dran.«

Ihre Mundwinkel zuckten. Wenn er sie aus dem Konzept gebracht hatte, so war es ihr nicht anzumerken.

Sie zögerte ein wenig, wählte die Worte mit Bedacht. »Nach dem Abi bin ich nach Lüneburg, BWL-Studium. Da hab ich mich noch nicht getraut, richtig weit weg zu gehen. Meine Eltern sind dann ja nach Hannover. Anschließend habe ich ein paar Auslandssemester drangehängt: Sidney und Singapur. Danach bin ich zu einer kleinen Bank in Wiesbaden, dort betreue ich seitdem die Tigerstaaten.« Nach einer Pause fügte sie mit belegter Stimme hinzu: »Und ich bin unverheiratet.«

Er schluckte das Fleisch hinunter. »Unverheiratet zu sein, ist doch heute eher der Normalfall. Ich wette, mehr als die Hälfte der Klasse ist Single oder wenigstens nicht verheiratet.«

Noch während er sprach, bemerkte Toralf, wie sich ihre Lippen aufeinander pressten.

»Oder lege ich da grad den Finger in eine Wunde?«

Sie antwortete kaum hörbar. »Wir haben uns vor drei Monaten getrennt. Meinst du, ich wäre sonst gekommen? Ich brauch was, das mich auf andere Gedanken bringt.«

Die Bedienung servierte den Saibling und sie aßen schweigend. Toralf ahnte, dass er trotz Vorspeise von dem bisschen Fisch nicht satt würde.

Nach einer Weile räusperte sie sich. »Fünf Jahre waren wir zusammen. Also nicht richtig zusammen. Er war ja verheiratet und ich hatte den Job. Aber es war okay so für uns. Und dann, macht er Schluss, einfach so.« Sie trocknete mit der Stoffserviette eine einzelne Träne.

Er schaute sie an und war überzeugt es sei besser, einfach den Mund zu halten.

Schließlich leerte sie ihr Weinglas in einem Zug. »Sag mal, würdest du mit mir heute abend zum Treptowsee fahren?«

Regine streckte sich auf dem Beifahrersitz aus, nahm einen Schluck aus der Flasche und kicherte.

Er schaute kurz zu ihr hinüber. »Dass du dich getraut hast, den Wein mitzunehmen!«

»Wieso denn nicht? Schließlich hat er mich 75 Euro gekostet.« Sie hob die Flasche ein weiteres Mal an den Mund. »Ist ein bisschen zu trocken.«

Toralf bog in den Feldweg zum See ein. Der Wagen schaukelte durch Schlaglöcher.

»Das hätten sie ruhig schon mal asphaltieren können«, sagte sie.

»Geht nicht. Ist Naturschutzgebiet.«

»Na und?« Sie balancierte die Weinflasche, während der Golf sich den Weg durch den Sand bahnte. »Lehrer bist du geworden, ich glaub's nicht. Was hättest du eigentlich gemacht, wenn die Wende nicht gekommen wäre?«

Toralf konzentrierte sich auf den Weg, der Straßenzustand war im Dunkeln nur schwer auszumachen. »Weiß nicht. Bestimmt auch Dachdecker. Vielleicht dann noch Offizier.« Ihm fielen die zahlreichen Uniformen bei der Beerdigung seines Vaters ein. »Bestimmt sogar.«

»Auf so einen wie dich hätten die auch grad gewartet.«

Toralf stutzte. Darüber hatte er sich noch keine Gedanken gemacht.

»Tut mir leid, das war gemein von mir.«

»Schon gut, hast ja recht.« Toralf parkte den Wagen. »Wir sind da.«

»Damals waren wir mit der Schwalbe unterwegs.« Für einen Moment schaute sie ihn an und drehte eine Locke um den Finger. »Sag mal, das was damals war … ich meine, war das eigentlich gespielt oder echt?«

Zwischen ihnen sirrte eine Mücke.

Er räusperte sich. »Warum sollte das gespielt gewesen sein? Es war echt.«

»Alles?«

»Alles.«

»Und heute?«

»Damals war damals und heute ist es vorbei.«

»Gehen wir ein paar Schritte?«

Er half ihr aus dem Wagen. Sie hielt die Weinflasche fest umklammert. Einen Moment zögerte er und legte dann seinen Arm um ihre Schultern. Am anderen Ende des Sees flackerte ein Lagerfeuer. Stimmen hallten über den See, ein Subwoofer dröhnte. Sie stolperte auf ihren Pumps durch den Sand.

Die Stimmen wurden lauter, als sie sich dem Feuer näherten. Schnaps kreiste. Toralf achtete auf des Etikett. Es war kein blauer Würger, natürlich nicht. Jemand warf ein paar Scheite in das Lagerfeuer und die Flammen loderten auf.

Plötzlich stieß sie ihm in die Seite und zeigte mit dem Finger auf ein parkendes Auto. Darin hielten zwei Schatten einander fest umschlungen. Die Windschutzscheibe reflektierte das Mondlicht.

Regine nahm den letzten Schluck Wein und die leere Flasche Rheinhessen plumpste in den Sand.

Erstmalig erschienen in:
Risse – Zeitschrift für Literatur in Mecklenburg und Vorpommern, Sonderheft 6, 2011

Zu dieser Geschichte:
Protagonist Toralf hatte seinen ersten Auftritt im Roman ›Bodycheck‹. Einige Jahre nach den Geschehnissen des Romans kehrt Toralf für ein Klassentreffen in das heimatliche Kleinow zurück.

Migrantengorilla

Putzdienste waren im Untermietvertrag nicht vorgesehen. Mir war nur plötzlich danach, es musste einfach sein. Vielleicht meine Art, Frust abzubauen. Wenn ich die Duschkabine mit Badreiniger einschäumte und anschließend mit dem Schwamm jede noch so feine Ritze auswischte, dann schwand mit dem Belag auch die Erinnerung an den Streit mit meinem Vater. Klar, zum Auspowern hätte ich auch zu McFit gehen können. Nur dass die Pumper dort um diese Tageszeit Schlange standen an Multipresse und Hantelbank. Letztlich blieb auch die Kloschüssel nicht verschont. Die leichten Kalkränder rund um den Wasserpegel waren mir schon seit dem Einzug ein Dorn im Auge. Anschließend saugte ich das Wohnzimmer. Als ich schließlich den Flur wischte, klapperte das Türschloss. Mein Hauptmieter hatte Feierabend.

»Alter, was ist los, bist du krank?« Orkan kratzte sich an den kurzen Haaren, die für meinen Geschmack längst abrasiert gehörten. »Unglaublich, wie sie euch Heteromänner dressiert haben.« Er grinste mich schief an.

In seinem anthrazitgrauen Anzug stand er da und schaute prüfend auf den feucht glänzenden Fußboden. Die mächtigen Oberarme spreizten sich vom Oberkörper ab und ließen ihn hilflos und aggressiv zugleich aussehen. Dass er nichts von McFit hielt, hatte er mir schon vor dem Einzug verraten. Wie sollte er dort effektiv trainieren, wenn es keine Kurzhanteln jenseits von 50 Kilogramm gab?

»Hetero war gestern.« Ich drohte mit dem Schrubber. »Sei froh, dass ich mich schon an der Wohnung abreagiert habe.«

»Ganz ruhig.« Er hob die Hände und zwinkerte. »Ich zieh mich eben um. Du machst in der Zwischenzeit für jeden schon mal 'ne Flasche Bier auf und dann ist chillen angesagt.«

Ich goss das Wischwasser in die Toilette und stellte Schrubber und Eimer zurück in die Abstellkammer. Da stand Orkan schon in Jogginghose und Sweatshirt da, zwei Bier in der Hand.

»An Service und Geschwindigkeit müssen wir aber noch arbeiten!« Er lachte und schwenkte die Flaschen.

Wenig später saßen wir nebeneinander auf dem Sofa. Unsere Knie berührten sich ein klein wenig und ich fragte mich, ob das so in Ordnung war. Andererseits, anstandshalber einen Abstand zwischen uns herzustellen, wie hätte das denn ausgesehen.

»Warum ist denn dein Alter so schnell abgedampft? Ihr beide wart doch wieder ganz dicke miteinander. Oder täuschte der Eindruck?«

Orkan schien ganz entspannt und nahm einen Schluck Bier.

Das war richtig beobachtet. Für kurze Zeit hatte selbst ich angenommen, es gefiele dem Alten, mich wiederzusehen. Ich nahm auch einen Schluck, um einen Moment nachdenken zu können, bevor ich antwortete. »Am Ende hab ich doch noch 'ne Ansage gemacht. Vielleicht zu deutlich.«

»Was hast du ihm gesagt?«

»Keine Schwiegertochter, keine Enkel. Aus der Traum. War wohl deutlich genug. Wenn dein Vater morgen hier aufkreuzt, was würdest du ihm erzählen?«

Orkan lachte. »Mein Alter würde hier niemals auftauchen. Freiwillig jedenfalls nicht.«

»Siehst du! Meiner hat sich selbst zusammengereimt, dass sein Stammhalter nicht nur mit Anfang Dreißig nochmal ein Studium anfängt, sondern obendrein 'ne Schwuchtel ist. Da isser halt abgedampft.«

»Also auf Schwuchteln steh' ich auch nicht so.«

Ich stieß mein Knie gegen seines. »Mach dich nur lustig, du weißt genau, was ich meine.«

Orkan lehnte sich zurück und plötzlich lag seine Hand auf meinem Rücken. »Du hast gehofft, er nimmt dich für voll, wenn du ihm den Hetero vorgaukelst. Nun hast du am eigenen Leib zu spüren bekommen, dass auch Schauspielkunst ihre Grenzen hat. Willkommen in der Randgruppe!«

»Was heißt hier Randgruppe. Außerdem gaukele ich nichts vor. Verdammt, ich weiß doch selbst nicht so genau, was ich wirklich will. Kann sein, ich bin richtig schwul. Oder eben nur ein bisschen bi … für 'ne Zeit lang.«

Orkan lachte laut. »Nur ein ganz klein bisschen? Das finden wir gemeinsam heraus. Beantworte einfach meine Fragen.« Er begann, mit kräftigem Griff meinen Nacken zu massieren. »Erinnerst du dich an deinen letzten erotischen Traum?«

Ich ignorierte die Hand. »Klar, da spielte die Chica mit den orange gefärbten Haaren aus der Harkortstraße 'ne tragende Rolle.«

Er brummte anerkennend und massierte weiter. »Und woran oder besser an wen hast du gedacht, als du das letzte Mal gewichst hast?«

Ich lachte. »Nö, so geht das nicht. Echt nicht.«

»Wieso, die erste Frage hast du doch schon mal ganz sauber heteromäßig beantwortet. Wovor hast du da noch Angst?« Orkan nahm einen weiteren Schluck. »Stört dich übrigens meine Hand?« Er walkte unablässig meinen Nacken durch.

»Nein verdammt, sie stört mich nicht. Das ist gut so. Ruhig ordentlich kräftig. Und ja, ich weiß längst, worauf du hinaus willst.«

»Worauf will ich denn hinaus?«

»Scheiße, ich hab beim Wichsen daran gedacht, dass du im Nachbarzimmer liegst.«

»Verstehe. Karohemd und Samenstau …« Er feixte und stupste meinen Hinterkopf. »Warum bist du verdammter Idiot nicht rübergekommen?«

Ich zuckte mit den Achseln. »Keine Ahnung. Keine Traute. Was weiß ich denn. Und nein, ich studiere nicht Maschinenbau.«

Orkan packte mich bei der Schulter und drehte mich soweit zu sich herüber, bis unsere Gesichter sich fast berührten. »Hast du Angst vor mir oder vor dir selbst?«

Keine Ahnung. Gut möglich, dass ich vor beiden zurückschreckte. Sein Atem roch nach Bier. So spät am Abend wirkte er schon wieder, als hätte er sich Tage nicht rasiert. Dieser Reibeisenbart lockte unwiderstehlich. Mich überwältigte das Verlangen, das Sandpapier an meinem Kinn zu spüren. Vorsichtig streckte ich den Hals in seine Richtung. Ganz so, als wäre eine lebensbedrohliche Überschlagspannung zu erwarten. Und tatsächlich packten wir einander und drückten uns, als ginge es um Leben und Tod. Wir rangelten auf dem schmalen Sofa, das unter der Last knackte und ächzte. Und während unsere Zungen erbittert um die Vorherrschaft in den Mundhöhlen kämpften, rutschte die Couch unaufhaltsam über das Laminat.

Eine knappe Stunde später lagen wir nackt und abgekämpft nebeneinander in den Polstern.

»Verdammt, es geht also doch! Warum bist du sonst immer so fürchterlich unlocker. Wenn du geil auf 'nen Kerl bist, dann steh doch auch dazu.« Orkan wälzte sich auf mich drauf und schob sein Knie zwischen meine Beine. Seine Nase rieb ein wenig an meiner und er flüsterte mir ins Ohr. »Keine Angst, wir beide bringen das in Ordnung. Vertrau mir einfach und sprich mir nach. Okay?«

»Okay«, antwortete ich und lachte. Ich wusste gar nicht, dass er sich so nebenbei als Hobby-Psychologe betätigte.

Ein weiteres Mal setzte Orkan sein Sandpapier ein, um mir ein wenig einzuheizen. Die Wirkung ließ nicht lange auf sich warten und wieder flüsterte er in mein Ohr. »Sag, ich bin ein Schwuli und lass mich von einem Kanaken ficken.«

Spontan versuchte ich, mich aufzurichten. »Hey, was soll das?« Auf so einen Quatsch hatte ich keinen Bock.

»Sag es doch einfach, dann ist es raus.« Er drückte mich in das Sofa zurück und markierte kreisende Bewegungen mit dem Becken.

Ich geriet ins Keuchen, weil ich mich gegen ihn zu wehren begann. »Aber du hast dich auch ...«

Orkan legte seinen Mund auf meinen. »Psst. Du hast ja recht. Also hör gut zu: Ich bin homoseksüel und lass mich von einem Alman ficken.« Er rieb mit dem Reibeisenbart über meine Lippen. «Und jetzt du. Los!«

Kurzentschlossen holte ich tief Luft und legte los. »Also ich bin ein ... Verdammt, ich kann das nicht. Das ist doch Blödsinn.«

Wieder das Reibeisen auf meinen Lippen. »Doch, du kannst. Sei ein Mann!«

»Ich bin ein Homo und hab mich heute nacht von einem verdammten Migrantengorilla besteigen lassen.«

Wie zur Bestätigung klammerte ich meine beiden Beine um seinen Körper.

»Siehst du, geht doch!« Er lächelte mich an und prustete plötzlich los. »Migrantengorilla, wo hast du denn das aufgeschnappt?«

»Die Orangene hat dich so genannt. Sie war übrigens ganz begeistert von der Vorstellung, dass wir zusammen wohnen.«

»Siehst du, vergiss deinen Alten. Die Chicks sind da viel entspannter.«

Erstmalig erschienen in:
Mein schwules Auge 13 (2016), Das schwule Jahrbuch der Erotik, Konkursbuchverlag Tübingen

Zu dieser Geschichte:
Protagonist Lars Brentrop hatte seinen ersten Auftritt im Roman ›Bullenbeißer‹. Hier ist Lars endgültig nach Hamburg gezogen und lebt mit Orkan in einer Wohngemeinschaft.

Tschüß, Gunnar

Sie ist tatsächlich gekommen. An der Haltestelle auf der gegenüberliegenden Straßenseite steigt sie aus dem Bus und schaut sich um. Ich winke, sie winkt zurück, lacht. Trotz der leichten Brise, die über das Wasser geht, wird mir unter dem Leinensakko warm. Sie ruft mir über die Fahrbahn etwas zu, das ich nicht verstehe. Doch allein ihr Gesichtsausdruck gibt mir Sicherheit. Britta freut sich ebenso wie ich.

Bis zur nächsten Ampel sind es nur ein paar Schritte; ihr Rock umschließt die schmalen Hüften und betont die Rundungen. Ich fahre mir mit der Hand durchs Haar, ziehe das Sakko aus und werfe es mir über die Schulter. Ein bisschen Lässigkeit kann nicht schaden. Endlich springt die Ampel auf Grün. Ihre Pumps schlagen auf den Asphalt, als wolle sie kleine Löcher hineinsprengen. Wir umarmen uns nur kurz zur Begrüßung. Immerhin kann ich einen flüchtigen Blick auf den winzigen Leberfleck in ihrem Ausschnitt erhaschen.

Etwas unschlüssig stehen wir auf der Brücke. Die untergehende Sonne verwandelt die Außenalster in ein Flammenmeer.

»Ich war noch nie hier, es ist so schön. Der Sonnenuntergang, die Farben. Stundenlang könnte ich zuschauen und träumen.« Ihre Hand drückt meine.

In der Sonne leuchten ihre eigentlich kastanienbraunen Haare beinahe so rostrot wie die von Gunnar. Ich atme tief durch. In meinem Kopf purzeln die Gedanken durcheinander, aber das wird sie mir nicht anmerken.

Britta beugt sich weit über die Brüstung und spuckt ins Wasser. »Du auch«, sagt sie und lächelt. »Dann hast du einen Wunsch frei, nur sprechen darfst du nicht drüber.«

Ich spucke ebenfalls. Mein Speichel schwimmt eine Weile auf der Wasseroberfläche und geht schließlich unter, so wie mein morgendliches Sperma in der Badewanne. Sie strahlt mich an und ich bin mir sicher, sehr sicher sogar: Sie ahnt nichts.

Vor etwas mehr als einem Jahr hat er bei uns in der Firma angefangen. In der Cafeteria sah ich ihn das erste Mal und wenn er kein Mann gewesen wäre, hätte ich behauptet, es war Liebe auf den ersten Blick. Seine roten Haare strahlten über die Tischreihen hinweg. Als ich mein noch halbvolles Tablett in die Ablage schob, stand er unerwartet neben mir.

»Keinen Hunger gehabt?« Er zwinkerte und kleine Lachfältchen umspielten seine Augenwinkel.

Ich wollte etwas erwidern, irgendwas Schlagfertiges zum Thema Körpergewicht und bewusste Ernährung.

Stattdessen musste ich schlucken. Sowas war mir vorher noch nie passiert.

»Guck mal, die Romantik ist ansteckend.« Britta deutet dezent auf ein junges Paar, einige Meter weiter.

Sie lehnen an der Brüstung. Engumschlungen, haben kaum Augen für das Naturschauspiel. Obwohl man es nicht sehen kann bin ich sicher, dass ihre Zungen miteinander verknotet sind. In diesem beneidenswerten Alter gibt man sich stundenlangen Vorspielen hin, mag die Begierde noch so groß sein. Am Ende geht man sogar ohne Höhepunkt auseinander.

Wie schön, aus diesem Alter heraus zu sein. Es ist noch zu früh, ihr jetzt schon einen Kuss zu geben. Wir beugen uns über die Brüstung und schauen einem Schwanenpaar zu, das einträchtig über das Wasser gleitet. Britta lehnt sich sanft an meine Schulter.

Ein paar Tage nach der ersten Begegnung in der Cafeteria tauchte Gunnar ohne ersichtlichen Anlass in meinem Büro auf. Es war Nachmittags und meine Kollegin mit der Halbtagsstelle überwachte um diese Zeit längst den Nachwuchs bei den Hausaufgaben.

Er streckte mir die Hand entgegen, was mir recht ungewohnt vorkam, aber mit einer Sekunde Verzögerung schüttelte ich sie. Kurz und kräftig, mir war schon klar, dass es darauf ankam.

Unter Kerlen.

Mit verschränkten Armen lehnte er gegen die Fensterbank, nur einen knappen Meter entfernt, und sah auf mich herab. Was wollte er? Ich war gespannt. Musste der eigentlich unentwegt zwinkern? Meine Güte, er hatte diese rotblonden Haare auch an den Unterarmen. Und nicht zu knapp. Die Oberarme beulten sich unter einem dunkelgrünen Poloshirt.

Ich holte tief Luft und rollte mit dem Schreibtischstuhl ein wenig zur Seite, um den Abstand zu vergrößern. Gunnar war der neue Chef des Facility Managements; er redete ohne Punkt und Komma auf mich ein, was mir ausgiebig Gelegenheit gab, seinen Fünftagebart zu bewundern. Und die klassisch hamburgische Sprechweise mit ihren gedehnten Vokalen. So sprechen heute nur noch die Polizisten in den Vorabendserien.

Einen konkreten Anlass für seinen Besuch gab es offenbar nicht.

Britta legt ihre Hand auf meine. Der Plan scheint aufzugehen und ich fühle mich geschmeichelt.

»Gehen wir ein wenig am Ufer entlang?«

Sie nickt und ein paar Schritte begleitet uns noch das Klacken ihrer Schuhe. Auf dem Sandweg verstummt schließlich das Hämmern der Absätze. Wie selbstverständlich lege ich ihr den Arm um die Hüften. Mit den Pumps reicht sie mir sogar über die Schultern. Ihre Größe ist mir gleich bei unserer ersten Begegnung aufgefallen.

Gunnar rief mich auf der Firmennummer an. Ob ich Lust auf argentinische Steaks hätte.

Klar hatte ich. Ich wäre überall hingegangen, um ihn zu treffen, auch wenn seine Freundin uns begleitet. Warum auch nicht. Letztlich gab es mir ein wenig Sicherheit. Sicherheit vor den Gefühlen zwischen uns, die sich sonst vielleicht nicht kontrollieren ließen. Wir würden eben zu dritt essen.

Wenn es die beiden nicht störte, mir war es allemal recht.

Sollte der Abend in eine intime Begegnung zu dritt münden, wäre das mal etwas Neues gewesen. Und, zugegeben, ein klein wenig hoffte ich darauf.

Im Steakhaus hatten sie rechteckige Tische. Gunnar setzte sich neben mich, und als Britta in die gegenüberliegende Sitzbank rutschte, registrierte ich zum ersten Mal den Leberfleck. Die Bedienung brachte die Karte, doch statt darin zu lesen, streifte mein Blick wieder und wieder über die winzige dunkle Erhebung, jenen scheinbaren Makel, der eine durchschnittlich gut aussehende Frau erst wirklich attraktiv macht. Mir wurde warm und ich lockerte die Krawatte.

Im Nachhinein kann man den Abend gut und gern als kurzweilig bezeichnen. Allerdings blieb mir unklar, warum er dieses Abendessen überhaupt arrangiert hatte. Es wäre an ihm oder den beiden gewesen, eindeutige Zeichen zu geben und den ersten Schritt zu tun. Nichts dergleichen geschah.

Vielleicht brauchte er das alles auch nur, um seine männliche Eitelkeit zu bedienen. Die großzügige Einladung, ein 250-Gramm Filetsteak und eine langbeinige Frau an seiner Seite. Gunnar ist schlicht und einfach nicht der Typ für italienische Restaurants mit dezenten Portionen.

Eines Nachmittags lehnte er wieder an meiner Fensterbank. Das schien überhaupt seine bevorzugte Position zu sein. Mich überkam dann unweigerlich das Gefühl, er sei größer als ich. Er trug eines seiner dunkelgrünen Poloshirts, davon musste er jede Menge im Schrank haben. Vielleicht sollte ich mir auch mal eines kaufen. Natürlich gab es auch dieses Mal keinen wirklichen Anlass für seinen Besuch. Das störte uns beide kein bisschen. Wir redeten die Sorte dummes Zeug, die Männer so reden.

Gunnar klagte über Muskelkater, weil Britta und er das ganze Wochenende ununterbrochen gefickt hätten. Das F-Wort ging ihm in diesem Zusammenhang ganz selbstverständlich über die Lippen.

Ich staunte, denn ich hatte noch niemals vom Sex Muskelkater bekommen, dachte kurz an ihre Locken und konzentrierte mich dann auf den rostroten Flaum an seinen Unterarmen.

»Gehst du denn nicht in die Muckiebude?«

Ich gestehe, mich trieb ein wenig die Hoffnung, ihn dabei zu begleiten.

Er lachte laut. »Hab ich zum Glück nicht nötig!«

Natürlich nicht, wie konnte ich nur so dumm fragen.

Ein paar kurze Kommandorufe reißen mich aus den Erinnerungen. Für einen Moment bleiben Britta und ich am Ufer stehen und schauen einem Zweier mit Steuermann nach, dessen Besatzung ohne überflüssige Spritzer das Wasser der Außenalster zerteilt.

»Machst du Sport? Du hast die Statur zur Handballerin.«

Sie errötet ein klein wenig, schüttelt aber den Kopf. »Wenn ich den ganzen Tag im Laden gestanden habe, ist mir abends nicht danach.«

Zwei durchtrainierte Typen joggen vorbei, in knappen Klamotten, dabei ist es so warm nun auch nicht mehr, spät am Abend.

Im Laufe der Zeit kreisten meine Gedanken nur noch um ihn. Genauso regelmäßig wie er auftauchte, blieb er manchmal ein paar Tage fort. Ein Muster war nicht zu erkennen.

Ich fragte mich dann, ob ich wohl etwas Falsches gesagt hatte.

Manchmal saß ich nach Feierabend im Fitnesscenter und vergegenwärtigte mir seine gewölbten Oberarme. Vorzugsweise an jenen Tagen, an denen er nicht in meinem Büro aufgekreuzt war.

So lag ich dann auf der Hantelbank und schloss die Augen. Wenn ich die Hantel nach oben drückte, dachte ich mit aller Kraft an Gunnar.

Im Bett, kurz vor dem Einschlafen, zweifelte ich, ob das alles so seine Richtigkeit hatte. Doch es half nichts. In meiner Vorstellung erschien er zusammen mit Britta. Ich sah ihnen zu, wie er seinen Muskelkater bekam, beim Tanz um den Leberfleck.

Und schlief anschließend angenehm erschöpft ein.

Natürlich hätte ich ihn jederzeit selbst aufsuchen können. Das Büro kannte ich von den seltenen Besuchen bei seinem Vorgänger. Die abgestandene Luft, der kalte Zigarettenrauch, hinterlassen von wartenden Handwerkern. Ich war mir allerdings nicht sicher, ob er meinen Besuch gutgeheißen hätte.

Es gab keinen vernünftigen Grund, dort aufzukreuzen. Ein Controller hat den lieben langen Tag vor dem Bildschirm zu sitzen. Ein Controller geht nicht zum Facility Management. Er schreibt höchstens eine E-Mail und das Facility Management kommt zu ihm.

Britta und ich erreichen die Anlegestelle der Alsterdampfer. Wir gehen die paar Schritte auf die Brücke und lehnen uns gegen das weiß getünchte Geländer. Sie legt ihren Kopf auf meine Schulter. Wie gut sie riecht.

Ich sollte ein Kompliment deswegen machen. Wenn ich nur den Namen des Parfüms wüsste. Oder wenigstens irgendeinen Namen irgendeines Parfüms. Frauen mögen solche Gesprächsthemen und Männer, die mitreden können.

Zumindest nehme ich das an.

Viel lieber würde ich allerdings über Muskelkater reden. Ob Gunnars Behauptungen auf Tatsachen beruhen. Aber das kann ich unmöglich fragen. Nicht nach den Gepflogenheiten von ihrem Ex. Niemals.

Dabei wüsste ich es gern. Wie standfest er wirklich ist, wie häufig sie es tatsächlich an jenem Wochenende getrieben haben. Statt zu fragen tätschele ich ihren Arm.

Mit etwas Glück werde ich nachher seinen Platz einnehmen. Dort, wo er bis vor kurzem Exklusivrechte beansprucht hat.

Eines Tages fiel mir sein kleines Bäuchlein auf. Wurde der Kerl dicker? An seiner Brust zeichneten sich deutlich zwei Nippel ab, fast ein wenig zu groß für einen Mann. Das immergrüne Poloshirt spannte nicht nur an den Oberarmen.

Kurzentschlossen drückte ich meinen Zeigefinger in das Bäuchlein und feuerte ich eine Breitseite ab. »Ganz schön fest. Wann ist es denn soweit?«

Das saß und in der Woche darauf begannen wir, gemeinsam zu laufen. Nach Feierabend, abwechselnd in seiner und meiner Nachbarschaft. Nun hatten wir also einen regelmäßigen privaten Termin. Gunnar und ich. Dicke Kumpel, wenn auch nur beim Sport.

Die Sonne ist längst untergegangen, die Spaziergänger werden weniger, und am Ende bleiben nur die Pärchen übrig, Hand in Hand oder Arm in Arm.

Sie zeigt auf eine Bank, die ein bisschen versteckt hinter einem Weidengebüsch liegt. Mit freier Sicht auf das Wasser, aber vor neugierigen Blicken verborgen. Sie sagt, sie kann nicht länger auf den hohen Schuhen gehen und streift die Pumps ab, kaum dass wir sitzen.

Wir rücken zusammen und ich lege meine Hand auf ihren Oberschenkel.

O-Ton Gunnar: »Sie braucht es dringend nach Feierabend.«

So ein Quatsch. Das war einer jener Macho-Sprüche, die er so liebte.

Und ich auch, zugegebenermaßen. Doch deshalb werde ich noch lange nicht in seine Rolle schlüpfen. Dafür bin ich zu schlau. Glaube ich.

Vor zwei Wochen dann die Überraschung. Gunnar gestand die Trennung. Das mit Britta sei zu Ende. Aus und vorbei. Nebenher ficken wollte er nicht tolerieren. Und dann noch mit einem Schlipsaffen. Das ging doch verdammt gegen seine Macho-Ehre.

Wie es das Klischee verlangt, bemitleidete ich ihn von Mann zu Mann.

Das Übliche: »Die verdammten Fotzen, sie sind ja alle so schlecht.« Schulterklopfen: »Nimm es nicht so schwer, wahre Liebe gibt es eben nur unter Männern.«

Am Ende nutzte ich seine momentane Schwäche schamlos aus, legte den Arm um seine Schultern und drückte ihn nach Kräften. Körperkontakt, endlich. Offen gestanden freute mich die Sache. Das

118

bedeutete, er war frei, sie war frei. Beide waren frei. Frei von Verpflichtungen. Frei für alles Mögliche.

Am nächsten Abend trafen wir uns zum Laufen. Tagsüber hatten wir Besuch von der Konzernzentrale gehabt und ich war noch im Anzug. Er bemerkte den roten Futterstoff.

»Sieht teuer aus«, sagte er. »Ob Britta wirklich drauf steht, wenn Kerle sowas tragen?«

Ich lachte, legte den Anzug ordentlich über eine Sessellehne und griff nach meiner Sporttasche; wünschte mir, er würde Britta endlich vergessen.

»Meinst du, mir steht das auch?« Schon langte er nach der Hose, zwei Minuten später hatte er meine Krawatte umgebunden und zwängte sich in das Sakko. »Na, wie isses?« Er drehte sich hin und her.

Mir blieb die Luft weg. Nie im Leben hätte ich mir ausgemalt, dass Gunnar in meinem Anzug so umwerfend aussehen würde. Jetzt konnte es geschehen und es würde geschehen. Gleich. Meine Lust war nicht länger zu verbergen.

Plötzlich explodierten in seinem Sommersprossengesicht die Lachfältchen. Mit ausgestrecktem Finger zeigte er auf die Beule in meiner Unterhose. »Hey, du siehst aus, als würdest du jetzt gern vor mir auf die Knie gehen.«

Für ein paar Sekunden schauten wir einander an. In meinem Mund lief der Speichel zusammen. Ich war fest entschlossen. Doch da war dieser Unterton, dieses Zucken in den Augenwinkeln. Anzeichen, die mich an seiner Aufrichtigkeit zweifeln ließen. Wenn ich erst einmal vor ihm kniete, würde er den Spott kübelweise über mir ausgießen. Er der große Macker und ich die Schwuchtel.

So viele sympathische Lachfältchen konnte es in einem Männergesicht gar nicht geben, durfte es überhaupt nicht geben. Das war alles nur gespielt, jede Wette.

Ich setzte ebenfalls ein Lächeln auf, rückte mein Paket zurecht und drehte den Spieß einfach um.

»Trägst du gern die Klamotten von anderen Kerlen?«

Augenblicklich glätteten sich die Lachfältchen. Sein Blick wurde ernst. Meine Einschätzung der Lage war richtig gewesen.

Wenige Minuten später trabten wir nebeneinander durch den nahen Park. Unerwartet stieß er mir im Laufen gegen die Schulter.

»Du bist in Ordnung, auch wenn du kein Homo bist. Haha!«

Was für ein verdammtes Glück, dass ich nicht auf ihn reingefallen bin.

Nun hielt mich nichts mehr und am Tag darauf fuhr ich nach Feierabend direkt in das Einkaufszentrum mit der gläsernen Fassade, wo Britta in einem gediegenen Geschäft teure Krawatten verkauft. Sie lächelte ehrlich überrascht, als ich im Anzug mit dem roten Futterstoff den Laden betrat und um eine Beratung bat.

»Du bist der seriöse Typ. Du brauchst etwas, das klassisch und besonders zugleich ist. Wir haben hier ein paar Binder mit amerikanischen Streifen.«

Amerikanische Streifen? Da hatte ich noch nie von gehört.

Ihr Gesicht nahm einen ernsthaften Ausdruck an. Sie sprach von den Diagonalstreifen, die bei europäischen Krawatten von links unten nach rechts oben verlaufen. Bei Amerikanischen sei es umgekehrt. Ich hörte nicht wirklich zu, hatte nur Augen für ihre schmalen Lippen, die immer wieder den Blick auf eine Reihe gleichmäßiger Zähne freigaben.

Schließlich lachte sie, zeigte die Zähne in voller Pracht. »Hörst du mir überhaupt zu?«

Am liebsten hätte ich sie auf der Stelle geküsst. »Bemerkt das mit den Streifen überhaupt jemand?«

»Nicht jeder.« Ihr Gesichtsausdruck wurde wieder ernst. »Nur wer sich auskennt.«

Meine neue Krawatte wanderte in eine Hülle aus feinem Pergament.

Ich zahlte und wurde dann ohne Umschweife unseriös. »Ich würde dich gern treffen. Jetzt, wo mit Gunnar Schluss ist.«

Gut möglich, dass ich kein bisschen rot wurde dabei.

»Meinst du, das ist richtig?« Sie schlug die Augen nieder und schob die Krawatte über den Tresen.

Meine Stimme blieb fest. »Ganz bestimmt! Magst du Spaziergänge an der Außenalster bei untergehender Sonne?«

Jetzt sitzen wir hier auf einer Parkbank, die Sonne ist längst untergegangen. Britta fröstelt und ich lege ihr das Leinensakko um die Schultern. Schließlich bleibt ihr nichts übrig, als sich an mich zu kuscheln.

Ich frage mich, ob sein rostroter Bart sie wohl sehr gekratzt hat. Auf dem Weg hierher bin ich noch rasch zuhause vorbei und habe mich rasiert. Nass natürlich.

Wie zart du im Gesicht bist, sagt sie.

Ich schaue ihr in die Augen und meine Zunge gleitet in den süßen kleinen Mund, der letzte Woche noch Gunnar geküsst hat. Dieser süße kleine Mund… Was mag sie damit wohl alles gemacht haben?

»Kommst du mit zu mir?«, fragt sie.

Natürlich. Ich bedecke noch rasch den hellen Hals unter dem kastanienbraunen Haar mit ein paar Küssen und wir machen uns auf den Weg zum Wagen. Beim Gehen spüre ich deutlich meine Erektion. Die kann nicht zu übersehen sein. Zum Glück ist es dunkel. Andererseits, warum sollte es mir peinlich sein.

Gleich werde ich seinen Platz einnehmen. Überall, wo er sich mit seinem Schwanz bislang breitgemacht hat. Sie wird morgen ohne Muskelkater aufwachen, denn ich werde feinfühlig sein. Mag sein das ist neu für sie. Neu und schön.

Sie wird ihm davon berichten, davon gehe ich aus. Auf weibliche Art, diskret und unbarmherzig zugleich. Danach wird er mich nie wieder besuchen, da bin ich mir sicher. Wenigstens wird er mir in dieser Nacht wirklich nah sein. Ein einziges Mal.

»Fahr los«, sagt sie.

Ich lege den Gang ein und denke: »Tschüß, Gunnar! Übermorgen werde ich dich vermissen.«

Eicheln unter Trekkingschuhen

Kaum haben wir das Restaurant verlassen, bereue ich den Entschluss. Was bin ich für ein Idiot. Ein Verhältnis mit einer Kriminalrätin würde mir als einfachem Polizisten nichts als Schwierigkeiten einbringen. Ich frage mich, was sie erwartet. Macho-Fucker oder zärtlichen Liebhaber? Wenigstens bin ich weitsichtig genug gewesen, habe nur am Wein genippt und mich an Mineralwasser gehalten.

Wortlos folge ich ihr. Sie trägt Outdoor. Trotz Montepulciano schreitet sie energisch voran. Eicheln knackten unter ihren Trekkingschuhen. Ich komme mir vor wie ein Hund, der Frauchen hinterherläuft. Ihre Körperspannung ist unübersehbar. Eine wie sie steht sicher auf 69. Und am Ende wird sie mich reiten, ihr das Gefühl geben, ich sei der Gefickte. Nun, warum eigentlich nicht.

Besser, als wenn sie stumm alles über sich ergehen lässt.

Schwarzgrauer Granit im Treppenhaus. Ob ich es je zum Kriminalrat und zu einer solchen Eigentums-wohnung bringen werde? Im Vorübergehen lese ich an der Türklingel ihren Vornamen: Berit. Wir treten in einen weitläufigen Flur. Ungebeten hänge ich die Motorradjacke auf einen Bügel.

Sie wirft ihre Wanderjacke über die Buchenholzkugel eines freien Hakens und baut sich vor mir auf. »Lassen Sie uns von vornherein die Spielregeln festlegen.« Sie tippt mit dem Zeigefinger auf meine Brust. »Diese Begegnung findet im Grunde überhaupt nicht statt. Niemand wird davon je erfahren. Ich kann mich doch auf Sie verlassen?«

»Klar«, stammele ich, »auf jeden F…«

»Und anschließend verlassen Sie unverzüglich die Wohnung. Sind wir uns da einig?«

Unverzüglich. Will sie nun Sex oder wird das eine Vernehmung? Gehört das zum Spiel? Ein standesgemäßer Kriminalrat oder Staatsanwalt würde so sicher nicht mit sich reden lassen.

Ich nicke. »Alles klar! Wa…«

Sie legt mir den Zeigefinger auf den Mund und schaut mir in die Augen. Noch immer gibt es keinen weiteren Körperkontakt. Das ist bestimmt nicht mein erster One-Night-Stand aber so hilflos bin ich mir noch nie vorgekommen. Sie langt nach meinem T-Shirt, zieht es mir mit einem Ruck über den Kopf und wirft es in Richtung Garderobe. Ihre Finger fahren durch meine Brusthaare und prüfen den Bizeps.

»Ich hab doch geahnt, dass mich sowas erwartet«, flüsterte sie. »Los, Jacke wieder anziehen.«

Leder auf nackter Haut, daher weht der Wind. Ohne Zögern schiebt sie den Kopf unter die Jacke. Sie will männliches Aroma? Kann sie haben. Ich lege die Arme um sie und schließe sie unter dem Leder ein. Eine Weile knabbert sie an meinen Brustwarzen. Dann gleitet sie ganz langsam nach unten, bis auf die Knie. Das habe ich im Leben nicht erwartet. Sie öffnet meine Jeans und beginnt, mich zu blasen. Streng genommen saugt sie wie der Teufel. Richtig gut kann sie das. Ich sollte ihr ... wenn schon, dann auch bis zum Anschlag.

Noch im gleichen Moment verfluche ich den Gedanken. Doch warum eigentlich nicht? Kurzentschlossen packe ich ihren Hinterkopf. Wenn sie es so will, gibt es eben kein Entkommen. Der erwartete Würgereflex bleibt aus, was auf eine gewisse Erfahrung schließen lässt. Ungerührt tappt sie schließlich mit vollem Mund ins Bad und als sie zurückkehrt, überlagert ein Hauch von Odol ihr Parfüm.

Eine knappe Stunde später schläft sie in meinen Armen. Sie schnarcht und nicht zu knapp. Aber das wird niemand erfahren. Beim Verlassen ihrer Wohnung fragt sie beiläufig nach meiner Handynummer. Ihre bekomme ich ebensowenig wie einen Abschiedskuss. Haben wir uns in dieser Nacht überhaupt geküsst?

Die erste S-Bahn fährt in 37 Minuten. Das heißt Warten auf dem menschenleeren Bahnsteig. Mein Atem kondensiert an der frischen Luft. Noch ist es dunkel, Mücken tanzen um die Neonleuchten. Ich studiere den Linienplan, als mir ein Gedanke durch den Kopf schießt. Sie wird doch wohl nicht …? Hastig kontrolliere ich Jacke und Hose. Tatsächlich knistert es in der Brusttasche. Einhundert Euro.

Heulend hält ein Zug. Ich steige ein, setze mich auf den erstbesten freien Platz und starre hinaus. Rückseiten von Wohnhäusern ziehen vorbei wie im Fluge. Noch einmal taste ich nach dem Schein.

Das Knistern ist noch da. Sie hat es tatsächlich getan.

Zu dieser Geschichte:
Protagonist Lars Brentrop und die Kriminalrätin Berit Jensen hatten ihren ersten Auftritt im Roman ›Bullenbeißer‹.

Schüsse auf Enduristen

Durch das Eichenlaub strahlt mir der Mond ins Gesicht. Nicht zu fassen, dass es nachts so hell sein kann. Weit über die Ohren müsste man den Schlafsack ziehen, doch dazu ist es viel zu heiß. Das würde allerdings auch gegen die sirrenden Mücken helfen ...

Neben mir schnarchen fünf Mitstreiter leise vor sich hin. Sie haben sich auf den weichen Waldboden geworfen und sind sofort eingeschlafen. Nur ich liege noch wach.

Unbefestigte Wege und diese Nacht im Freien stehen auf unserem Programm. Die mir aus dem Frühjahr so gut bekannten Schlammwege hatten sich als reine Staublöcher entpuppt. Mir macht das noch am wenigsten aus, muß ich doch als Tourguide vorwegfahren.

Weil ich einen genießerisch verträumten Fahrstil pflege, man will ja schließlich etwas von der Landschaft sehen, glaubt keiner der Mitreisenden so recht an meine Kompetenz. Als ich ein Bundeswehrgelände auf einem brachliegenden Acker umgehe, folgt mir prompt keiner. Ich halte an und warte, schließlich kommt die KTM hinterher.

»Weißt du überhaupt, wo wir sind?«

Der Mann kratzt an meiner Ehre. Ich bin vielleicht kein begnadeter Crosser, aber dennoch mit einem prima Orientierungssinn und ausgezeichnetem Gedächtnis für einmal gefahrene Wege gesegnet.

»Hier!« Ich tippe auf die Karte.

Die drei mitgeführten topographischen Karten im Maßstab 1:25 000 beeindrucken ihn und er winkt den Rest der Truppe heran.

Glücklicherweise bietet Mecklenburg auch an einem sonnig-heißen Samstag genügend einsame Teiche. Eine Meute staubiger Enduristen kann sich getrost splitternackt ins kühlende Naß stürzen, ohne dass brave Familien schockiert wären.

Der KTM-Fahrer bahnt sich schon auf den Zehenspitzen den Weg, doch plötzlich schreit er.

»Da schwimmt was!«

Tatsächlich. Gar nicht weit vom Ufer dümpelt ein schmutzig weißes Objekt. Was mag das sein? Tapfer schreit er voran, bis er bis zu den Knien im Wasser steht.

»Ich glaub' das ist ein Tampon«, ruft er, stapft zurück ans Ufer und schüttelt sich. »Da gehe ich nicht rein.«

Alles johlt, doch keiner traut sich ins Wasser.

»Quellen die so stark auf?« Der KTM-Fahrer schaut in die Runde.

Die Gruppe steht ratlos am Ufer. Jemand bricht aus dem Ufergebüsch einen Zweig und angelt nach dem Objekt. Nach und nach zieht er es heran.

Es ist kein Tampon. Es ist ein Fisch, ein toter stinkender Fisch, nicht einmal besonders groß.

Wenn es weiter nichts ist. Nun gibt es kein Halten mehr. Die Jungs spritzen und schnaufen und sind froh über die ersehnte Abkühlung.

Vor dem Schlafengehen steuern wir die gemütliche Kreisstadt Parchim an, wo wir in einem Grillimbiss die entleerten Kalorienspeicher mit ungesundem Fastfood wieder auffüllen. Den Treptowsee ganz in der Nähe habe ich als Übernachtungsplatz bestimmt.

Jugendliche vom Nachbartisch sprechen uns auf die Motorräder an und rasch erfahren wir, dass sich anscheinend die gesamte Dorfjugend dort zur Sommernachtsparty verabredet hat. Die Sache ist schwer zu entscheiden. Sollen wir auch zum Treptowsee oder nicht? Die Meinungen sind geteilt. Wir schwanken zwischen mitfeiern und sich im Wald verkriechen.

Als wir uns dem See dann nähern, tönt bierseliger Singsang schon von weitem. Da diskutieren wir doch nicht mehr lang und entscheiden uns für einen eichenbestandenen Hügel auf weitem Feld. Kaum dort angekommen, wird es auch schon dunkel, schnell noch ein Bierchen geleert und schon fallen die Kumpels in tiefen Schlaf.

Nur ich liege wach.

Plötzlich knallt ein Schuss durch die Nacht, grölende Jugendliche in unmittelbarer Nähe. Ich bin bereit, mich in die anscheinend unvermeidliche Schlägerei zu stürzen …

Dann wieder Totenstille. Die anderen rühren sich nicht. Sicher habe ich geträumt.

Am nächsten Morgen stellen wir fest, dass jeder den Schuss gehört hat, doch keiner hatte etwas sagen mögen, weil die anderen scheinbar fest geschlafen hatten. Was für ein Glück, dass der dörfliche Urwuchs sich nicht getraut hatte, sechs Enduristen zu überfallen.

Leider hat von den anderen fünf Abenteurern keiner etwas zum Frühstücken dabei. Alle verlangen nach einem Gasthof. Ebenso deutlich ertönt die Forderung nach einem WC. Ich frage mich, wozu hier die vielen Büsche da sind.

Die Rückfahrt steht an und ich will auf einen aufgelassenen überwucherten Bahndamm einbiegen, der quer durch einen ehemals russischen Truppen-übungsplatz führt.

»Da willst du durch?«

Die Crosser-Fraktion ist enttäuscht. Auf dieser Trasse ist eher verhaltenes trial-mäßiges Fahren angesagt und ich bin ganz in meinem Element. Den ungeduldigen Fahrer einer XR erlegt prompt eine Dornenranke.

Endlich erreichen wir ein Dörfchen südlich von Parchim. Da lockt ein Schild ›Waldgasthof‹. Ob die schon geöffnet haben? Natürlich nicht. Unschlüssig stehen wir vor der verschlossenen Pforte des Biergartens.

Doch das Unglaubliche geschieht. In der oberen Etage öffnet eine ältere Dame das Fenster.

»Wollt ihr zum Bahnrennen nach Parchim?«

Rennen? Wir wissen von nichts.

Sie fackelt nicht lange und schließt den sechs staubigen Gestalten den Garten auf.

»Ihr habt wohl draußen geschlafen?«

Wenig später biegt sich der Tisch unter Rührei mit Schinken und einer riesigen Kanne Kaffee. Für die verwöhnte Westjugend legt sie noch extra Seife und Handtücher in den Waschraum.

Die Urfassung erschien in:
Enduros. Typen - Technik - Tourenplanung. Delius Klasing Verlag, Bielefeld 1997

Stratenkämpfers in Meckelnborg

Vun ünnen bullert de Motor, vun baven schient de Sünn. Vörgistern hett Fabian noch de letzten Schien an de Uni insammelt, hüüt sitt he op sien Motorrad. Al vörmiddaags weiht em de Fohrtwind in 't Gesicht as een Hoordröger. Een bruddig Dag schall dat warn.

Von Hamborg ut will he an ne Elv lang fohrn. Na Oost, to sien Ferienjob. Un dorbi een Geföhl kriegen, för de Stroom, de Gegend, de Entfernung. He maakt dat geern; disse smaalen Landstraten lang daddeln, de Naams von lütte Öörd lesen, vun de he vörher nich hört hett. As Lübtheen oder Vielank. Ab un an een beten verpusten; een Paus moken an 'n Rand vun 'n Acker.

De Alleen gahn veele Kilometers mit Ooftbööm op beide Sieden vun de Straat. Sien Grootmoder hett mal versöcht, em den Ünnerscheed twischen Appel- un Beerbööm to verklorn. Se utenannertohollen, wenn se ohne riepe Früchte sien. He hett dat wedder vergeten. Düsse Bläder hier sehn duff ut, nich blank. Sünd dat Appeln oder doch Beren? Mitünner begegent em een Auto, hen un wenn annere Motorräder op een Sünndagsfohrt. Eenmol bremst he för een Aadboor, de is da ganz suutje op sien root Strümp över de Straat schrieden.

Ünnerwegens in Meckelnborg rull Fabian op een Tankstell, den lütten Tank von de Enduro opfüllen. De Sünn is heeltiet an brennen. An de Kass köp he een Ies an 't Steel. He schufft dat Motorrad an Rand in Schadden, mokt sik dat ob de Sittbank kummodig un slickt sien Magnum.

Dree Sportmotorräders bögen mit veel Spektakel in de Tankstell in. De Sort Fohrers, de alltiet mit korte Stööt vun 't Gas un den dormit verbunnenen Krakeel op sick opmarksam moken deiht. An ehre swarte Helmen hebbt se mit Suugbacken kakelbunte Bösten fastmokt, dat se utsehn dot as Irokesen. Fabian kiekt no de Nummernschiller. LWL, hiesige sünd dat. Vun ehrn Maschinen hebbt se alln Plastekram abmokt. Düsse Stil is vun England röverkamen. Streetfighter nömen se dat, dat weet Fabian. Passlich dato dregen de Fohrers tarnfarbene Plünn. Een Smeerbuuk hett överhaupt blot een korte swarte Büx un een grön plackig Ünnerhemd an. Wenn he sick to 'n Stüer vörbögt, is dor een Striepen naakte Huut twischen Büx un Hemd to sehn. Ahn aftostiegen füllt se de Tanks vun de Maschien. Ehre Helmen lot se dorbie op'n Kopp.

De Smeerbuuk bringt dree Buddeln mit Beer vun de Kass mit. Sien Fründ sünd ganz ut de Tüüt as se dat sehn. Dat kümmt as dat kamen mutt: Se schuuvt de Motorräders in Schadden no Fabian hen. Un do nehmen se denn ook ehre Helmen af. To sien Verwunnern sünd se allen in sien Öller. Se nicken em kort mit'n Kopp to, he nickt wedder trüch. Luuthals sünd de Dree an Prahlen mit niege Temporekorde bi 'n Passeren dörch Ludwigslust.

Vun de Siet schelt Fabian no den Smeerbuuk siene stukige Waden. Över de linke Waad ringelt sik een tätoweert Slang. Jümmers wenn he een Sluck von sien Beer nahmt hett, is he an Opbölken. Mit sien breet Snuut un de Segelohrn süht he ut as een ossig Keerl.

Mit eens dreiht sick de Smeerbuuk to Fabian um, slenkert ganz suutje op em to un swingt dorbi de Buddel. De Wadenslang is ut disse Winkel nich mehr to seen, aver de Sweetdrüppen op sien Steern.

Fabian sluckt, wull vörsichtig sien un begröt em noch maal. «Moinsen!»

«Tachschön», antwoort de Smeerbuuk un wiest op de Enduro. «To Hus hev ik no een 94er LC4 Supercompetition vun mien Vadern.»

Fabian host, dat de Hals free warren deiht, versökt 'n beten to grienen un presst een «Scheun!» as Antwoort rut.

«Noch een mit Kickstarter!», seggt de Smeerbuuk.

«Düsse hett al E-Starter.»

He kiekt no Fabians Kennteken un is an 'n Snuven as he HH seihn dot.

«Hüt no wedder trüch?»

Fabian schüddelt deen Kopp. Sien Hals is jümmers noch nich richtig free. «Hüt erst losfohrt. Maandag geiht dat los bi Döms. Een niege Posten. Diek hoochsetten.»

De Ogenbruun vun de Smeerbuuk heven sik. He kloppt mit siene rechte Hand op Fabians Schuller. «Denn mol goot Gelingen.»

De Dree stellen ehr leddige Beerbuddels op den Asphalt vun de Tankstell, smeeten de Motorn an un mokt sick mit veel Dezibel ut'n Stom.

Fabian bögt sick rünner to 'n Bodden, he will de Beermark rutkennen.

Un he list: ‹Lübzer Lemon, alkoholfrei›.

Erstmalig erschienen in:
Risse – Zeitschrift für Literatur in Mecklenburg und Vorpommern, Heft 30 (2013), Rostock

Mein Mecklenburg

Die Oma wusste herrliche Märchen zu erzählen. Darin trugen die Orte so lustige Namen wie Parchim und Siggelkow. Der kleine Rolf kam zur Schule, lernte Lesen und Schreiben und Oma erklärte, dass man Parchim zwar sprach wie mit I-E geschrieben, aber nicht so schrieb. Und dann erst Siggelkow, diese zwei G und erst das stimmlose W am Ende. Sehr sonderbar. Und irgendwie faszinierend. In Omas Erzählungen kam ein richtiger, wenn auch kleiner, Bauernhof vor. Eine furchtbar aufregende Sache, denn Bauernhöfe kannte der kleine Rolf nur aus Bilderbüchern.

In den Sommerferien fuhr er mit den Eltern auf einen Zeltplatz an die Ostsee. In der Nachbarschaft grüßten die Dörfler die fremden Hamburger, wenn sie ihnen auf der Straße begegneten. Das hatte der kleine Rolf nie zuvor erlebt. Einen Fremden grüßen, noch dazu auf der Straße. Ebenfalls sehr sonderbar. Und irgendwie lustig.

Mama erwähnte ganz nebenbei, dass das in Siggelkow auch so üblich sei. Der kleine Rolf wurde misstrauisch. Was hatte Mama mit Siggelkow zu schaffen? Er hatte angenommen, Siggelkow sei so eine Art Zauberort, Omas Phantasie entsprungen. Leider hatte Mama keine Lust, über Siggelkow zu sprechen, alles was er erntete war eine abwehrende Handbewegung.

Nun blieb ihm nichts weiter übrig, als Oma zu befragen. Die holte einen bunten Pappkarton aus dem Schrank, setzte sich mit ihm aufs Sofa und lüftete den Deckel des Kartons. Unzählige fleckige Fotografien stapelten sich darin, mit abgegriffenen Rändern, manche glatt beschnitten, andere gezackt. Ganz oben lag eines, das zeigte eine Frau, die Mama recht ähnlich sah. Daneben stand ein Pferd, ein echtes Pferd. Rolf hatte noch nie ein leibhaftiges Pferd gesehen. Das sei aber nicht Mama, sagte Oma. Das sei sie selbst.

Der kleine Rolf lachte. Die Frau auf dem Bild war jung, gutaussehend und ohne Besenreiser im Gesicht. Oma war doch viel älter.

Nein, Oma sei auch mal so jung gewesen wie Mama. Immer mehr Fotografien förderte Oma zutage. Alte Leute darauf mit strengen Gesichtern, Oma nannte Namen, behauptete, diese Leute seien seine Urgroßelten und Ururgroßeltern. Das war spannend. Wo waren die Leute mit den strengen Gesichtern alle geblieben?

Gestorben, sagte Oma, beerdigt in Siggelkow.

Zwischen den Fotos lag ein Kreuz aus angelaufenem Metall mit einem Bändchen dran. Rolf wollte damit spielen, doch Oma weinte und nahm es ihm aus der

Hand. Das hat meinem Bruder Karl gehört, der ist in Stalingrad geblieben.

Der kleine Rolf traute sich nicht, nach Einzelheiten zu fragen. Denn den gleichen Klang nahm die Stimme der anderen Großmutter an, wenn sie von Krieg und Tod sprach.

Karl wäre beinahe schon als Kind gestorben, sagte Oma. Siggelkow hatte Elektrizität bekommen, Karl war auf den Misthaufen geklettert und hatte in kindlicher Neugier die Leitung angefasst. Nach kurzer Ohnmacht war der Junge wieder zu sich gekommen und der Arzt hatte empfohlen, ihm Milch zu trinken zu geben. Das Leben in diesem Siggelkow schien sehr aufregend zu sein.

Die Oma zog ein weiteres Bild hervor und tippte auf ein Mädchen in Rolfs Alter. Das ist deine Mama! Das Mädchen trug einen altmodisch aussehenden Badeanzug und stieg grad mit einem zottigen Hund aus einem Graben. Wasser troff aus dem nassen Fell. Mit dem hat Mama immer gespielt, sagte Oma. Ein Pferd, ein Hund, die Sache wurde immer unglaublicher.

Wenn Oma ihm Märchen auftischte und Mama nicht antworten wollte, so musste er eben den Vater fragen. Und der erklärte ganz sachlich, Parchim und Siggelkow seien Orte in Mecklenburg.

Mecklenburg? Was war das denn?

Ein Land wie Schleswig-Holstein oder Bayern. Oma sei dort geboren. Das verstand auch der kleine Rolf.

Der Vater verließ jeden Morgen früh die Wohnung und kehrte bereits kurz nach Mittag aus dem Hafen zurück. Oma wartete schon mit dem Essen. Die beiden unterhielten sich in einer lustigen Sprache, die sie Plattdeutsch nannten. In den Schulferien hatte der kleine Rolf mal den Vater in seinem Lastwagen begleitet und er wusste, die Männer in den Kaischuppen sprachen alle so. Erst dachte er, dieses Plattdeutsch sei so eine Art Männersprache für den Hafen. Aber dann hatte Oma ihm erklärt, in Siggelkow sprächen sie auch alle Platt. Aber warum sprachen dann die Eltern untereinander nicht so? Vielleicht mit einer Ausnahme, denn der Vater pflegte Mama ›Schieter‹ zu nennen.

Außerdem liebte er es, die Oma zu necken. Und natürlich hatte er zielsicher ihre Schwachstelle erkannt. Die Schwachstelle hieß Mecklenburg. Manchmal, wenn es Suppe gab, dann nahm der Vater den fast leeren Teller an den Mund und schlürfte den Rest mit lautem Schmatzen in sich hinein. Anschließend hob er den Finger und ermahnte den kleinen Rolf, so etwas niemals zu tun.

Das gehört sich nicht, das machen nur Mecklenburger!

Oma verließ dann prompt den Mittagstisch, setzte sich beleidigt in die Küche und ließ die beiden kichernden Männer allein.

Hin und wieder gab es auch Streit um die Qualität des Essens und Oma wurde nicht müde zu erwähnen, sie hätte im Parchimer Bahnhofshotel das Kochen gelernt. Prompt stichelte der Vater: Also in der ersten Dorfschänke am Platze!

Rolf wuchs heran, durfte zwar allein das Haus verlassen, ein eigenes Fahrrad besaß er aber nicht. Radfahren und Großstadtverkehr vertrügen sich nicht, meinte der Vater, wozu gab es schließlich U- und S-Bahnen. Mit einer Schülermonatskarte ausgestattet erkundete Rolf die Großstadt. Und wenn die Erwachsenen alle vom eigenen Auto schwärmten, wurde aus dem kleinen Rolf so ganz nebenbei ein Freund des Eisenbahnverkehrs. Eines Tages brachte der Postbote ein an Rolf adressiertes Paket. Das ist von Tante Adelheid aus Stralsund, sagte Mama.

Stralsund? Noch so ein lustiger Ortsname! Tante Adelheid war Omas jüngere Schwester und während Oma nach Hamburg geheiratet hatte, hatte sich die jüngere Schwester einen Stralsunder geangelt. Der kleine Rolf wusste noch nicht, dass Mama regelmäßig Pakete dorthin schickte. Weil nämlich Tante Adelheid für sie weniger Tante und mehr große Schwester war. Nun kam jedenfalls, vermutlich als Dankeschön, ein Paket zurück.

Darin ein Modellbahn-Doppelstockwagen mit dem Aufdruck ›Deutsche Reichsbahn‹. Rolf war begeistert. Es kamen noch andere Pakete mit Tierfiguren, einem Indianerzelt oder Büchern. Der Doppelstockwagen jedoch blieb unerreicht. Schon deshalb, weil unmittelbar an Rolfs Schule alle Stunde ähnliche

Doppelstockwagen auf dem Weg nach Lübeck vorbeifuhren.

Erst Jahrzehnte später erkannte er, wie sehr auch diese Doppelstockwagen das Dilemma der deutschen Teilung symbolisierten. Die technologisch richtungsweisenden Doppelstockzüge für den Schnellverkehr zwischen Hamburg und Lübeck waren 1936 in Görlitz gebaut worden. Und während sie nach dem Krieg im Osten das Konzept erfolgreich weiterentwickelten, verweigerte sich die westdeutsche Bundesbahn dieser Bauweise hartnäckig. Erst nach der Wende gelang dem Doppelstockwagen der Durchbruch in Gesamtdeutschland, gleichsam als ›grüner Pfeil‹ des Bahnverkehrs.

Die siebziger Jahre begannen, Tante Adelheids Mann ging in Rente und durfte reisen. Der nunmehr nicht mehr ganz so kleine Rolf musste für Onkel Walter sein Zimmer hergeben und den Reiseführer in Hamburg spielen.

Onkel Walter hatte eine panische Angst vor Rolltreppen. Man konnte es in der Schule erzählen und sich über die Verwandtschaft aus der Provinz lustig machen. Stell dir vor, der ist noch niemals Rolltreppe gefahren! Das es sowas gibt …

Richtig anstrengend war seine Wortkargheit. Sie saßen eine halbe Stunde in der U-Bahn und Onkel Walter sprach kein einziges Wort. Der ist mundfaul, sagte die Mutter, so sind die da alle in Mecklenburg.

Was für eine schreckliche Vorstellung.

Rolf wurde volljährig und bekam, natürlich, sein eigenes Auto. Aus und vorbei war's mit der Begeisterung für die Eisenbahn. Zu groß die Verlockungen des Individualverkehrs. Mit frischem Führerschein ging es auf den Weg nach Stralsund. Die Schulfreunde waren beeindruckt. Allein mit dem Auto in die Ostzone fahren? Was der sich traut!

Es war eine echte Tagesreise. Eine Stunde auf der Autobahn bis Lübeck, eine Stunde für die Einreiseformalitäten an der Grenze und nochmal fünf Stunden für die knapp 200 Kilometer Fernstraße 105 bis Stralsund.

Haben die da drüben ganz normales Benzin, fragten die Freunde, und vor allem, kriegst du welches? Hast du keine Angst, dass sie dich einsperren?

Natürlich wurde Rolf nicht eingesperrt und er wiederholte die Reise sogar. Mittlerweile hatte er angefangen zu studieren. Sven, ein ornithologisch interessierter Kommilitone, wollte unbedingt mitfahren. In einem Fachblatt hatte er gelesen, zwischen Stralsund und Greifswald gäbe es eine Kolonie des seinerzeit seltenen Kormorans.

In Stralsund langweilten sich die zwei jungen Männer am Abend entsetzlich und kamen auf die naheliegende Idee, die Altstadt zu erkunden. Die Einwände der Verwandtschaft wurde lächelnd abgetan. Wir sind Hamburger, wer des Nachts über die Reeperbahn gehen kann, kann auch im Halbdunkel durch Stralsund bummeln. Hier bei euch ist doch sowieso nichts los.

Es war tatsächlich nichts los. Aber es gab stockdunkle Gässchen mit verfallenen und leerstehenden Häusern. Bis ihnen am Hafen aus heiterem Himmel drei verwegene Gestalten gegenüber standen, einer mit einer notdürftig versorgten Platzwunde an der Stirn.

Der mit der Platzwunde packte Rolf am Arm. Was sucht ihr denn hier?

Während Rolf noch über eine passende Antwort nachsann, rannte Sven einfach davon, hinein in die nächstbeste Querstraße. Rolf sackte das Herz in die Hose. Weglaufen hatte er schon zu Schulzeiten nicht als Option angesehen.

Nicht weil er sich gern prügelte, sondern weil er nicht schnell genug laufen konnte. Obendrein hielt ja noch der Typ mit der Platzwunde seinen Arm im festen Griff. Dessen Kumpels allerdings nahmen die Verfolgung Svens auf. Rolf und der Platzwundentypen blieben allein zurück. Wie sie so nebeneinander standen, offenbarte sich der Größenunterschied. Rolf war gut einen Kopf größer.

Schon löste sich der Griff um den Arm. Mach bloß, dass du hier wegkommst, murmelte der Platz-wundentyp, und lass dich hier nicht wieder blicken.

Rolf entfernte sich Schritt für Schritt, um ja keinen Verfolgerreflex auszulösen. Kaum um die nächste Hausecke, begann auch er zu laufen.

Doch wohin? Er wusste nicht, wo Sven geblieben war. Vielleicht verprügelten sie ihn grad irgendwo, und er lag blutend in einer Pfütze. Vielleicht hatte er auch den Weg zurück zur Verwandtschaft gefunden.

Als Rolf keuchend dort ankam, war Sven nicht da. In Hamburg hätte man jetzt die Polizei gerufen, aber natürlich gab es kein Telefon. Also hinein ins Auto und nach Sven gesucht.

Kaum zurück in der Altstadt, lief dort Sven mit zwei Volkspolizisten über die Straße, alle drei sichtlich erleichtert, Rolf zu sehen. Sven war zufällig an einer Polizeiwache vorbeigelaufen und hatte sich dort hinein geflüchtet. Die Wache war aber nur mit einem Vopo besetzt gewesen. Der durfte die Wache nicht verlassen und Funkgeräte gab es anscheinend nicht. Also wartete Sven. Ein weiterer Polizist erschien, wollte aber nicht allein mit Sven losgehen. Erst als dann ein Dritter erschien, hatten sie sich auf die Suche begeben.

Ob sie die Angreifer wiedererkennen würden, fragten die Polizisten.

Rolf und Sven nickten. Natürlich!

Sie folgten ihnen zu einer Kneipe mit dem einladenden Namen ›Goldener Anker‹. Rolf und Sven sollten hineinschauen, ob die drei sich dort aufhielten. Offenbar trauten sich die Polizisten auch zu zweit nicht hinein.

Drinnen war die Luft mit Zigarettenrauch gesättigt, der sich mit dem Geruch schalen Biers mischte. Die wenigen Gäste schauten mindestens so verwegen wie die drei Angreifer aus, doch die Gesuchten waren nicht darunter.

Ihr geht am besten gleich wieder! Die Wirtin kam schnurstracks hinter dem Tresen hervor und schob die beiden wieder zur Tür hinaus, wo die beiden Volkspolizisten geduldig warteten.

Die Verwandtschaft war sich einig. Um die Zeit könnte man nicht in die Altstadt gehen, auf gar keinen Fall.

Um die Zeit? Es war neun Uhr abends gewesen.

Eben, sagte die Verwandtschaft. Einige verstiegen sich sogar zu der Behauptung, das länge alles am Westfernsehen.

Dabei mussten sie doch selbst am besten wissen, wie schlecht das Westfernsehen in Stralsund zu empfangen war.

Mehr als zehn Jahre später, Rolf war schon über Dreißig, machten er und sein Kumpel Stefan sich auf den Weg nach Siggelkow. Mit Motorrädern dorthin zu fahren war neu, denn die DDR hatte Westbürgern die Einreise auf zwei Rädern verwehrt. Doch das war mittlerweile längst Geschichte.

Überall lockten Panzertrassen, auf denen man kilometerweit mit den Geländemaschinen crossen konnte. Die Kettenfahrzeuge hatten die Wege in Berg- und Talbahnen verwandelt. Zuweilen waren die Täler mit Wasser gefüllt, was den Reiz noch erhöhte, denn unter der Oberfläche mochte jede Menge Schrott lauern. Ein aus dem Boden ragendes Moniereisen brachte eine der Maschinen zu Fall. Bei schneller Fahrt hatten sie es für einen Ast gehalten. Am Waldrand warnte ein Schild auf Deutsch und Russisch: ›Halt! Hier wird geschossen!‹ Ein lohnendes Fotomotiv, fand Rolf.

Unweit von Siggelkow entdeckten sie am Ufer des Flüsschens Elde einen winzigen Zeltplatz, einst für Wasserwanderer angelegt. Sie schlugen ihre winzigen Hundehüttenzelte neben einem Kuppelzelt auf, in dem ein fast gleichaltriger Eigenbrötler dauerhaft wohnte. Gegen Abend kam Besuch von der Dorfjugend. Am Lagerfeuer sitzend tranken sie gemeinsam klaren Schnaps vom Discounter. Den jungen Leuten gefielen die beiden Motorradreisenden aus der Großstadt. Obwohl als Mittdreißiger beinahe so alt wie die Eltern, seien Stefan und Rolf noch so unternehmungslustig. Vater und Mutter säßen nur vor dem Fernseher. Rolf erzählte von der Oma und wie er mit Siggelkow aufgewachsen war, ohne je dort gewesen zu sein. Den Familiennamen kannten sie alle. Kein Wunder bei nur 500 Einwohnern.

Der Kuppelzelt-Mann wollte wissen, warum Rolf nicht bei der Verwandtschaft nächtigte.

Ach ja, Rolfs Verwandtschaft. Die hatte sich schon vor der Wende wegen der Erbschaft in die Wolle gekriegt. Nicht, dass die Leutchen noch denken, er käme wegen ihres Kleinhäuschens. Rolf wollte einfach nur vor Ort sein. Den Begriff *Genius loci* verkniff er sich grad noch. Dies war nicht der Moment, den Intellektuellen raushängen zu lassen.

Dem Mann aus dem Kuppelzelt gefiel das. Immer wieder stießen sie an und es wurde ein langer Abend.

Am nächsten Tag machten sich die beiden Reisenden sich auf den Weg zurück in die Großstadt. Kurz vor der Stadtgrenze hielten sie ein letztes Mal am Straßenrand und gönnten sich einen Schokoriegel.

Plötzlich lachte Stefan aus vollem Hals, beruhigte sich gar nicht wieder und gluckste in einem fort.

Jede Wette, sagte er und zeigte mit dem Finger auf Rolf, mit allen die da gestern ums Lagerfeuer saßen, bist du irgendwie verwandt. Auch mit dem aus dem Kuppelzelt.

Rolf dachte einen Moment nach und lächelte. Stefan, da wirst du wohl recht haben.

Zu dieser Geschichte:
Der vorliegende Text ist Rolf Redlins bisher einzige autobiografische Veröffentlichung. Im ehemaligen Gasthaus ›Zum goldenen Anker‹ werden übrigens heute Ferienwohnungen vermietet.

Bodycheck

Manfred fährt LKW für einen Baumarkt, bringt
hundert Kilo Muskelmasse auf die Wage und joggt
lieber um den See, als in der Szene abzuhängen. Er
mag es bodenständig, Studenten haben bei ihm keine
Chance. Als er seine Mutter in einem winzigen Kaff in
Mecklenburg besucht, lernt er dort Toralf kennen,
einen Dachdecker, der seine Freizeit mit Bodybuilding
und tiefergelegten Autos verbringt. Toralf ist verblüfft,
dass auch ganz normale Kerle schwul sein können,
und zwischen den beiden bahnt sich etwas an.

Eine rundum originelle Liebesgeschichte aus einer
Arbeits- und Lebenswelt, in der es auf körperliche
Leistung ankommt und die auch schmalbrüstige Leser
nicht kalt lässt.

Rolf Redlin: Bodycheck. Roman
Taschenbuch, 152 Seiten, 12,00 EUR (D)
ISBN: 978-3-86300-149-0
Männerschwarm Verlag Hamburg
Auch als Ebook

Bullenbeißer

Lars Brentrop ist Streifenpolizist. Eines Abends drückt ihm sein Kumpel Gerd einen Zettel mit einer rätselhaften Ziffernfolge in die Hand: »Falls ich mich bis morgen nicht bei dir melde«. Lars ahnt nicht, dass der Zettel die GPS-Koordinaten enthält, die Gerd zu seinem Mörder führen. Als Gerd am Stadtrand von Hamburg tot aufgefunden wird, fühlt Lars sich gefordert. Undercover ermittelt er in der Ringerszene und in einem dubiosen Filmstudio. Dabei lernt er Flo und Orkan kennen, zwei Männer, die ihm schließlich sogar das Leben retten.

Rolf Redlin: Bullenbeißer. Kriminalroman
Broschur, 264 Seiten, 14,00 EUR (D)
ISBN: 978-3-939542-87-2
Männerschwarm Verlag Hamburg

Bärensommer

Bastian, Student, träumt von einem Kerl mit behaarter Wampe. Statt seine akademische Karriere mit einem Praktikum voranzutreiben, jobbt er im Deichbau. Alles in der naiv-romantischen Hoffnung, in der dortigen Wohnwagensiedlung einen ›Bären‹ zu fangen. Wilfried, Steinsetzermeister und fast doppelt so alt, hat grad Beziehungsstress und flirtet zum Spaß mit dem Studenten. Es funkt, doch die Gegensätze sind beträchtlich: Wilfried begreift, dass er noch nicht zum alten Eisen gehört, und sehnt sich nach Action. Bastian dagegen ist am Ziel aller Wünsche und will seinen Bären am liebsten ganz für sich allein.

Ob Student oder Arbeiter, ob Traumfigur oder ›Waschbär-Bauch‹, ob jung oder alt – entscheidend ist, wie entschlossen man sein Leben selbst bestimmt.

Rolf Redlin: Bärensommer. Roman
Klappenbroschur, 216 Seiten, 17,00 EUR (D)
ISBN: 978-3-939542-61-2
Männerschwarm Verlag Hamburg
Auch als Ebook

Sprachlos

Hauke ist ein Familienmensch, er lebt zufrieden mit Ehefrau und zwei kleinen Söhnen. Dennoch tauchen regelmäßig Erinnerungsfetzen an seine Jugendfreunde Olaf und Steffen auf und verwirren ihn. Als er aus beruflichen Gründen ohne die Familie nach Mecklenburg zieht, melden sich seine unterdrückten Sehnsüchte immer lauter: vor allem, als er dem LKW-Fahrer Jens begegnet, der ihn stark an Olaf erinnert. Ohne viele Worte entsteht zwischen den beiden eine starke Beziehung. Doch die Euphorie über dieses unverhoffte Glück stellt Hauke vor eine unlösbare Aufgabe: Wie soll er die Liebe zu seiner Familie und die Gefühle für Jens unter einen Hut bringen?

Rolf Redlin: Sprachlos. Roman
kartoniert, ca. 176 Seiten, 16,00 EUR (D)
ISBN: 978-86300-164-3
Männerschwarm Verlag Hamburg
Auch als Ebook